La malédiction du sein

Roland Yehoun

La malédiction du sein

© 2013, Roland Yehoun
Edition : BoD - Books on Demand
12/14 rond-point des Champs Elysées, 75008 Paris
Imprimé par Books on Demand GmbH, Norderstedt, Allemagne
ISBN : 9782322034055
Dépôt légal : Octobre 2013

Chapitre I
Oublie que je t'aime

Dompihan, une jeune fille de dix-sept ans d'âge environ, est assise devant la porte de leur cour sur un tabouret à l'ombre d'un soir bien singulier. Elle feuillette un magazine de mode, légèrement habillée, les cheveux hirsutes. Le coucher du soleil était majestueusement admirable. Quelque temps après, elle referma le magazine, fixa sa curiosité sur le crépuscule dans une attitude rêveuse. Ses mains firent visières à ses yeux empourprés. Une horde d'oiseaux migrateurs, formant en passant un demi-cercle formidable dans leur psittacisme mélodieux retint son attention admirative. Le soleil tomba enfin dans l'abîme de l'horizon, le teint noir de la nuit gagna en intensité. Les gens allèrent dans des directions opposées; une ambulance avec sa sirène obligea, à son passage, deux jeunes gens à boucher leurs oreilles. Peu de temps après, ils se dirigèrent vers Dompihan ; ils passèrent à côté d'elle. Au passage l'un d'eux leva sa main en guise de salutations. Dompihan ne répondit pas, ils se marrèrent en allant. Quelques secondes s'écoulèrent, arriva Mahini comme par hasard, tenant dans sa main une revue de beauté. Il se dirigea tout droit vers Dompihan, celle-ci paniqua, mais ne s'enfuit pas. Mahini arriva émotif, l'haleine vacillante. Il s'arrêta en face de la demoiselle, celle-ci leva sa tête, Mahini lui dit aimablement bonsoir. Dompihan répondit, l'air mal rassuré mais elle ne quitta pas des yeux son interlocuteur venu de nulle part. Mahini la fixa intensément du regard plein de charme. Elle ne supporta pas la pression du regard de l'inconnu en face, elle baissa les yeux. Mahini ôta son petit foulard qu'elle avait attaché sur sa tête bien nattée. Dompihan se redressa, fixa Mahini des yeux, l'air très étonné. Puis, elle répondit par un sourire magique appuyé d'un clin d'oeil entichant l'homme inconnu en quête de son coeur.

- Comprends mon geste dans son sens le plus profond ; mes intentions sont des meilleures au monde, dit Mahini.
- On se connaît Monsieur ?, s'inquiéta Dompihan à juste titre.
- Non, on ne se connaît pas vraiment.

Ils ne se connaissaient pas vraiment. Mais le jeune la connaissait pour l'avoir déjà vue assise là, au même endroit. Il était, d'ailleurs, venu lui dire le message de son cœur.

- Excuse-moi d'avoir fait intrusion dans ta vie, mais je suis plus que sincère.

Dompihan resta dubitative et confuse, puis, elle se résolut à ne plus protester. Ses gestes traduisaient sa gêne très profonde. Son regard méfiant illustrait sa surprise inquiétante. Son sourire au forceps dénotait son embarras de devoir plier face à un inconnu. Elle se résigna non sans questionnement intérieur à laisser le vent souffler sur cet instant de sa vie. Mahini ivre de joie, très ému, les yeux quasi-mouillés de larmes, repartit à reculons. Son cœur reçut une douche glacée. Son vœu eut été exaucé. La volonté de ses rêves s'accomplissait. Il en était heureux se retournant à la maison. Les conditions de survie de cet amour qui prenait naissance dépendaient des pesanteurs incalculables et impondérables du temps. Il en était convaincu, au point de croire que la naissance de l'amour obéissait au cycle d'une graine. Une graine qu'il fallait enfouir dans un pot, l'arroser afin qu'elle germât. Puis, elle devrait feuillir en grandissant, enfin produire en se dégradant. Quelle folie ! Il ne réussit plus à laisser échapper de la prison de sa bouche, un seul mot. Dompihan l'accompagna du regard jusqu'au bout de l'horizon. Ce fut là, le début de tout. Ils s'étaient vus une fois, désormais, ils se reverront. Ils se rappelleront l'un de l'autre. Ceci afin de soulager les caprices mesquins de leurs sentiments. Les sentiments allaient leur poser des guets-apens. Ainsi de ce bourbier sentimental, ils ne ressortiront plus les mêmes qu'auparavant. Dompihan était une exceptionnelle créature. Elle était immature, mais pure. Elle attendrissait le cœur de sa finesse. Sa lumière répandue était comme la lune. Elle était un ozone où demeurait l'amour parfait. Comme une femme des dieux, elle était quasi-unique avec ses qualités. Elle plaisait à tous comme la vie ; tous l'aimaient comme l'argent. Elle était comme une nouvelle religion avec ses adeptes fanatiques dont Mahini. Dompihan émue, se vit envahie d'étranges sensations, troublée par le geste très simpliste de Mahini, cet inconnu aux actes touchants bien en profondeur un coeur de femme. Elle réfléchit ensuite à ses propos bien articulés à son endroit. Elle créa le vide en elle, ouvrit une fenêtre de rêve au tréfonds d'elle-même. Quoique, jusque-là, elle ne comprît pas la profondeur du geste de Mahini. Ôter le foulard d'une fille, signifiait lui déclarer son amour de façon folklorique. Surtout, quand elle n'en faisait pas un scandale à la suite de ce geste pittoresque. Elle revit le film de tout cela. Mahini était un beau garçon. Sa voix envoûtante attirait des sympathies féminines. Dompihan ne fit point l'exception à la rencontre de ce phénomène de séducteur comme l'avait surnommé ses amis du ghetto. Elle se retira pour aller s'occuper à des choses beaucoup plus urgentes. La scène de la rencontre devint galvanisante pour elle. Elle fit ses petits travaux, et se retira dans sa chambre. Couchée sur son lit, elle se ressouvint les propos charmants de Mahini. Une larme orpheline chargée d'émotion embellit sa joue ; elle se leva, alla à la fenêtre. Comme si, elle avait entendu Mahini la héler au lointain d'une voix qui transperce les ombres, les pierres et les montagnes. Là, son cœur monta sur la balançoire de l'embarras. Elle ressortit au salon, ses parents étaient déjà à table. Elle s'assit sur le fauteuil, l'air préoccupé, l'appétit ayant pris la poudre d'escampette. Ses parents l'observèrent sous leurs aisselles avec une attention appuyée. Ils continuèrent néanmoins de manger en s'interrogeant sur l'attitude quasi-inhabituelle de leur fille. Dompihan alla ensuite dans les toilettes, se lava le visage, ses yeux étant pleins de larmes et revint s'asseoir lourdement dans un fauteuil. Elle refit sa mine, se mit enfin à table aux côtés de ses parents . Quand son père eut fini, il se leva, alla droit vers le téléviseur en noir et blanc qu'il mit en marche, s'assit dans un fauteuil à l'écoute du bulletin d'informations télévisées. Dompihan et sa mère restèrent à deux sur la table. Elle demeura rêveuse, absente. Sa joie était lisible sur les expressions faciales de son visage. Sa mère l'observa, les oreilles tendues à l'écoute d'une quelconque confession de sa fille. Mais rien. Elle ignora sa mère. Chose qui la fit monter sur ses grands chevaux. Elle quitta la table à manger sans la manière. Dompihan resta seule, entraînée par le torrent de ses rêves de jeune fille amoureuse pour la première fois. Son père s'en aperçut, mais il resta motus et bouche cousue. Il joua la prudence de peur de causer de regrettables désagréments à sa fille. Puisqu'elle avait ce droit de bâtir ses rêves, surtout des rêves sains. Sa rencontre accidentelle avec Mahini faisait l'effet de bombe. De part et d'autre, l'histoire s'écrivait avec l'encre des rêves d'adolescents. Ils écrivaient là, demain avec aujourd'hui, en se servant de la vie comme une lampe de précepteurs. Demain pour eux, devait découler des critiques du présent. Ils leur appartenaient de créer l'espace qu'occupera leur vie. Le chemin pour y parvenir était à frayer dans cette forêt d'embûches que représentaient les parents. Le père de Dompihan était un homme chez qui intégrité et droiture passaient pour être des maladies chroniques au sein de la famille. Il était prudhommesque, qualité qu'il reçut de son éducation de prince. C'est à son père qu'on attribua d'ailleurs la légende qui ruina le royaume de Bosunlokuy. Il se fit passer pour un fin stratège ou encore le roi Bosunlo « celui qui savait tout, un omniscient ». Il déjoua, comme un jeu, les manèges de ses contemporains. Plus tard, il s'érigea en roi des rois ingénieux de son époque. Il bâtit là, sa réputation, sa fortune et sa popularité. Il vivait d'honneurs et de respect. Il finit par croire être le plus intelligent de tous les temps. Un grand jour, il dit à son royaume qu'il mettait en jeu, sa fille pure de dix-sept ans, à qui aurait réussi à le vaincre de quelque manière que ce soit. A sa fille, il ajouterait la moitié de sa fortune du royaume. Cela fit des émules. Tous les villages participèrent à ce jeu. Le roi Bosunlo réussit quelques coups d'éclat. Il remporta des victoires. Etant roi, les sujets avaient peur. Disons qu'ils doutaient de sa sincérité. Du coup, il eut un désintérêt pour ce jeu favori du roi. Il se mit en colère. Il ne s'arrêta pas là ; il monta les enchères. De la moitié de sa fortune, il alla au deux tiers. L'offre était mielleuse. Il fallait des idées, du courage pour battre le roi. Il était quand bien même le roi. De nouveau, cela relança la participation des gens. Tous voulaient être gendre du roi. Appartenir à la famille du roi par filiation était un atout, un privilège éternel. Conscients de cela, les jeunes ne marchandèrent pas leur participation. Mais à chaque fois, leurs ruses n'étaient pas allées plus loin que l'expérience du roi. On finit par le classer, roi invincible des rois. Il reçut cette distinction. Il s'investit de ce statut. Il élargit son champ de pouvoir. Son honneur fructifia, son royaume grandit. Il devint immensément riche. Son empire se réjouit de ce succès sans précédent d'un roi de Bosunlokuy. Nom qu'il donna à son village après son intronisation. Ces prédécesseurs avaient fait, mais pas assez pour qu'on les compare au roi Bosunlo. On croyait la fin de tout cela. Hélas, non ! Au crépuscule, un jour, aux heures de conseils du roi, assis devant son palais, dans sa noble chaise, son porte-canne à côté, fumant une longue pipe similor, il vit venir l'air très exténué, souffreteux, le jeune Dabwo, du village de Dabakuy. Digne d'un esclave, il porta sur sa tête crasseuse et miséreuse, un fardeau. Chancelant, il arriva demandant hospitalité, il se jeta piteusement aux pieds du roi. Le roi ému, ordonna qu'on descende ses effets. Ce fut fait. Dabwo salua religieusement sa majesté et dit en se redressant la tête : « soyez magnanime votre majesté. Aidez-moi ! Je suis un voyageur au bout du souffle. Acceptez-moi que je garde là, mes effets ici, chez vous, roi des rois. Je vais devant, je reviendrai dans une petite semaine. »

Touché dans son humanité profonde, fier d'être le roi vénéré de tous, heureux à présent de rendre service aux hommes comme à Dieu, le roi ordonna à ses sujets d'entreposer ses effets au lieu de dépôt des choses d'importance. Et où ça ? Dans la chambre de sa fille, « trophée » mis en jeu. Foan avait dix-sept ans. Elle était l'unique princesse du royaume. Les vassaux emmenèrent les effets à la porte de la chambre de Foan, sa nourrice et elle, se chargèrent du reste. Les effets se trouvaient entreposés sous le lit de la princesse. Ils étaient en lieu sûr. La nuit close, Foan rejoignit sa loge. Elle n'avait pas droit de rester dehors. Fatiguée de cette situation, elle priait Dieu qu'il la sorte de là. Couchée, déprimée, elle passa une nuit vierge de sommeil. Quand la nuit commença à lui verser un rêve thébaïque, une voix tendre retentit apparemment de nulle part : princesse, viens me sortir de là. Je suis le rêve de tes rêves, le désir de tes désirs. Elle se réveilla comme sortant d'un rêve tumultueux. Du coup, la voix se tut. Incroyable ! Elle resta confuse sur son lit. Puis, elle chercha de nouveau le sommeil. Entre temps, imperceptiblement elle entendit de nouveau cette voix suave d'homme dans sa chambre. Elle jeta un coup d'œil sous son lit. Elle vit le sac des effets bouger, un homme parler à l'intérieur. Elle tira le sac de sous son lit, défit le sac, Damu sortit de là. Il était faible du fait des effets passades du poison qu'il avait absorbé. Il était beau, élégant et charmant. Foan s'occupa de lui. Elle lui donna le reste de sa nourriture et l'aida à récupérer. Dès lors, les deux partageaient tout durant une semaine. La nourrice de Foan, eut quelques soupçons qu'elle ne partagea pas avec tous. Foan mangeait plus. Dans la journée, elle dormait très fatiguée. Son humeur d'une princesse triste confinée dans sa chambre changea. Elle avait l'air de vivre. Tout cela fit l'objet de remarques de la part de sa nourrice. Mais elle trouva cela normale, puisque rien ne permettait d'aller au-delà de ces simples suppositions. Les choses restèrent ainsi jusqu'au bout de la semaine. A la date indiquée, à la même heure exacte, Dabwo le voyageur arriva pour reprendre ses effets. Damu, à l'intérieur, avait consommé le restant du poison, aidé par Foan, il retrouva le sac d'effets pour se constituer bagages de voyageur. A son arrivée, le roi le reçut comme un hôte. Puis, il lui remit ses effets. Pour marquer son soutien sans précédent à Dabwo, le roi choisit deux vassaux pour aider à porter les effets de son hôte. Dabwo ne refusa pas cela. Il l'accepta. Les deux vassaux prirent les effets, Dabwo se mit devant eux après avoir remercié et dit ses adieux au roi des rois. La marche dura. Au bout d'un temps, à l'entrée d'un village, Dabwo convainquit les vassaux de sa destination assurée. Il supplia les vassaux de le laisser porter ses effets seul, le reste du trajet. Ceux-ci, un peu émoussés par le trajet et la lourde charge, acceptèrent et rebroussèrent chemin. De retour, ils firent le point au roi. Ce fut mission accomplie. Soulagement. Détente, rigolade ici et là dans le palais. Or, Dabwo savait que son frère se libérera bientôt des effets passades du poison. Etant sur les têtes des vassaux, cela foirerait sa combine. Quelle chance ! Après le départ des sujets du roi, il défit son frère, ensemble ils regagnèrent Dabakuy, leur village, pour tendre l'oreille aux nouvelles journalières du royaume. Un mois après, Foan devint étrange aux yeux de sa nourrice. Après quelques observations, elle conclut à une grossesse. Incroyable ! Elle eut peur d'annoncer cela. Foan ne sortait point. Qui serait l'auteur ? Mais la nouvelle ne pouvait pas être gardée en sous-main pendant longtemps. L'affaire éclata. Le scandale gagna le royaume. Tous les regards se tournèrent vers le roi. Tous le croyaient coupable. Si tel était le cas, il devrait être destitué. La dignité du royaume ne devrait pas être écorchée. L'honneur était à sauver. Toutes affaires cessantes, le conseil royal se tint. Décision fut prise de chercher le coupable de l'intérieur en leur sein d'abord. Même si, officiellement, aucun nom n'avait été prononcé. Il revenait au roi de tirer tout au clair. Il en était le garant de la vie du royaume, de sa défense et du strict respect de ses valeurs données pour inviolables. Il le savait. Il en était conscient. Il réfléchit au comment pallier à cela. La nouvelle, pour l'instant, était gardée secret royal. Mais combien de temps cela pouvait-il durer ? La peur que la rue ne l'apprenne prit le roi à la gorge. Parce que si tel était le cas, on l'assassinerait à coups de langue. Prenant toute la mesure de la situation, il décida séance tenante, d'organiser une cérémonie à l'occasion de laquelle, sa fille dira, plus fort que l'écho du tonnerre, le nom du nouveau roi des rois. Le conseil royal salua cette décision du roi. Incontinent, le roi mit en place le comité chargé d'organiser ces festivités. Elle se voulait grandiose comme fête. Tout était prévu à l'occasion. La nouvelle, sous ses ordres, se répandit à travers les autres villages. Les hameaux de culture eurent la nouvelle. La date fixée arriva, les gens répondirent présent pour voir le nouveau roi des rois. Les impotents aidés de leurs cannes étaient présents en masse. Les enfants répondirent pour se nourrir de l'événement. Les jeunes filles se parèrent de belles coiffures pour envahir les lieux. Les femmes en chant et danse peuplaient les lieux. L'assistance se mit en place. Les femmes d'un côté, les hommes de l'autre. Les griots au milieu, le roi et ses ministres en face. Un face à face avec cette masse humaine relevant de son autorité de majesté. Le cérémonial commença ; on fit venir Foan. Sa venue mit le feu à la foule. Sa beauté brûlait les yeux et violentait les désirs.

Chacun l'admira. Quoique femmes, toutes reconnues les vertus de la beauté de Foan. Passé ce mouvement involontaire de mise en train, le roi ordonna qu'on serve Foan de dolo. Elle devra boire, et remettre le restant de sa coupe à l'auteur de sa grossesse dans la foule immense. On la servit de dolo dans une grosse calebasse, elle but, fit une vue d'ensemble de la foule, puis fendit celle-ci de part en part à la recherche du futur roi des rois. Quand elle alla d'un côté, les hommes paniquaient. Certains fuyaient. Personne ne savait vraiment quel sera le sort réservé, à vrai dire, au victorieux. Foan fit le tour, revint poser le dolo devant le roi, son père. Le conseil des sages se mit debout. Les murmures allèrent bon train. Le roi fixa l'assistance, revint à sa fille et demanda :

- Pourquoi es-tu venue déposer la calebasse là, Foan ?
- Il n'est pas là, répondit-elle à la joie de tous.

La foule se rassit. Les griots chantèrent de nouveau les louanges. Malgré tout, la fête n'avait pas commencé. Peu de temps après, on vit un groupe de jeunes arriver. L'assistance retint son souffle. Ils s'assirent derrière, à l'écart. Foan jeta un coup d'œil vers eux, reconnut Damu, prit la calebasse, but de nouveau, se dirigea vers le groupuscule de jeunes. Tout le monde se mit debout. Elle fendit la foule, alla remettre la calebasse à Damu. Celui-ci prit et but. Les applaudissements fusèrent. Les tam-tams résonnèrent. Malgré tout, le roi n'était pas satisfait. Il voulait savoir comment celui-ci avait réussi son coup. Damu se mit devant l'assistance à l'invite du roi.

- Vous êtes sans doute le plus ingénieux de tous ici présents. Maintenant dites-nous à tous, comment vous avez pu me vaincre ?, ordonna le roi.
- Votre majesté, je suis sans aucun doute, l'auteur de la grossesse de Foan, mais le plus ingénieux de tous est là. Qu'il vienne.

Les regards se tournèrent vers la direction de sa main. Dabwo se leva, s'avança, le roi le reconnut, les autres aussi. Les murmures s'élevèrent :

- C'est lui ! C'est lui.

C'était bien lui. Le malheureux voyageur. L'homme qui méritait la charité. Il s'arrêta devant l'assistance et dit de son sourire de gagneur, roi des rois :

- Votre majesté, un adage dit que : beaucoup de bruit chasse les oiseaux mais ne mûrit pas le mil.

Sa majesté secoua la tête, fixa de nouveau le jeune Dabwo. Les hihihi des femmes se firent entendre. Le ronronnement des tam-tams aussi. Le roi leva sa canne, le silence absolu se fit.

- Ma ruse, poursuivit-il, était toute simple ; mon sac de voyage contenait mon petit frère Damu l'auteur de la grossesse de la plus belle des princesses.

Le roi tomba à la renverse, évanoui. La scène qui s'en suivit fut au-delà de toute expression. Les chants au héros retentirent. Les tam-tams résonnèrent. On chanta, dansa, but et mangea. Puis on procéda à la remise du trophée. Foan se jeta dans les bras de Damu, l'or dans les sacs, le diamant, les chevaux, les moutons, les bœufs, les vivres furent remis à Dabwo. Après quoi, lui et son frère partirent au village dotés d'une femme et en tout. Ceci sonna le déclin du royaume de Bosunlokuy (au royaume de ceux qui connaissent tout) dont la fortune était la force principale. Aujourd'hui, il ne restait plus aux princes que la vertu et l'humilité. Cette situation était le fondement de toutes les faveurs dont la relation Mahini-Dompihan pouvait bénéficier. Mais sa mère, à contre-biais, était, elle, plutôt le fruit mûr d'une autre éducation. Elle était nourrie au sein d'une culture, un peu trop tolérante, permissive même. Donc l'interdit chez le père, ne l'était pas forcément chez la mère, prise dans son creuset culturel de naissance. Tout cela s'harmonisa merveilleusement pour produire un meilleur fruit : Dompihan. Du côté de Mahini, la même rigueur était là. Il n'avait pas passé par plusieurs étapes d'initiation pour apprendre de la vie. Ayant perdu son père très tôt, son éducation s'était faite au contact direct avec les dures et pires réalités que cela induisait. Sa mère, qui s'en était chargée de le faire homme responsable, ne faillit pas à l'idéal que prônait son père. Car, pour son père, un homme se juge à la qualité de ses actes. Tout le milieu social était ainsi fait. Deux mondes de valeurs humaines et de rigueurs conjuguaient leurs buts. Il n'y avait donc pas grand souci à se faire. Bref. Dompihan revint au salon, son père était allongé confortablement dans le divan, un laurier sous la jambe un peu malade, un autre sous sa tête, les bras formant une couronne autour de la nuque. Les yeux fixés au plafond, il avait l'air de penser à bien de choses. Elle eut envie de lui dire ce qu'elle venait de vivre. Mais ne sachant pas quelle serait la réaction de son père, elle garda pour elle seule le secret. Même si, au fond d'elle-même, elle aurait voulu trouver tout de suite les réponses à ses interrogations. L'atmosphère en famille était détendue, les visages rayonnaient. Rien d'étrange ne planait dans les esprits, outre l'humeur récente de Dompihan qui était, sans précédent, sujet à questionnement. Hélas, la nuit galopait. Minuit, allait bientôt sonner, le sommeil les attendait de pieds fermes. Ils se dirent bonne nuit affectueusement. Chacun alla au lit pour faire la cour au sommeil. Peu de temps après, Dompihan souffrant d'insomnie, contorsionnait continuellement. Pour finir, elle tomba dans le creuset d'un rêve qui le conduisit en remontant le temps, à la rencontre d'avec Mahini. Elle se réveilla très heureuse, puis constata qu'elle était sous le joug d'un rêve fabuleux. Un rêve du genre qu'on souhaiterait recommencer à l'envi. Elle alla s'oxygéner d'un coup d'œil dehors par la fenêtre et revint se rendormir. L'aube n'était plus qu'à une poignée d'heures. Les coqs étaient en concert depuis belle lurette. Le matin, son visage s'éclaircit comme une reine. Sa bonne humeur était express. Elle claqua les doigts en jubilant intérieurement. Elle tournoya sur elle-même, se mit devant la glace. Elle s'épanouissait de joie en secret. L'éclat de son sourire était la belle preuve de son enthousiasme. Elle se fit un peu de toilette, alla dans sa chambre, apporta des coups de pinceau à sa chevelure, se frotta avec de la pommade, et se parfuma. Quand elle eut fini, elle revint au salon, trouva Mahini en face d'elle. Elle avait le sentiment de gêne. L'immaturité se lisait dans ses attitudes. Mahini, lui, ne s'occupait pas des aspects secondaires de l'accueil. Il avait un objectif grandiose à atteindre. Le superflu ne faisait pas parti de son programme, l'aléatoire non plus. Il alla droit au but. Il l'invita à venir avec lui. Elle ferma portes et fenêtres. Tous deux partirent ensuite en direction du barrage, situé au nord du Lycée de Mahini. Arrivés, ils s'assirent sur le pont, les pieds plongés dans l'eau. A côté d'eux, des enfants se lavaient sur l'autre rive, deux femmes faisaient la lessive près d'eux. L'enfant d'une des femmes pleurait, celle-ci alla l'allaiter sous un arbre limitrophe. Mahini fixa Dompihan des yeux, celle-ci sourit et baissa la tête. Le message des yeux était très fort. Les cœurs semblaient battre à un rythme effréné. Mahini sortit enfin de son silence.

- Je viens accomplir ma promesse.
- Je n'y croyais plus, hier tu es reparti si vite comme l'éclair.

- C'est vrai. Mais c'était ma façon de te signifier mon amour. Je vois que tu as fini par le comprendre par toi-même.

Il souleva la tête de Dompihan. Celle-ci docilement releva sa tête, emboîta ses yeux dans ceux de Mahini. Une larme imprudente coula de son œil gauche. Mahini la recueillit d'un geste fin et ferme de tenir ses engagements vis-à-vis de la femme qu'il aime.

- Tu ne dois absolument plus t'inquiéter. Je suis là à tes côtés définitivement. Même si, nos études restent la première priorité pour nous deux.
- Tu me redonnes espoir sur un si bon ton.

Dompihan se leva, Mahini aussi. Ils longèrent le barrage la main dans la main. Ils étaient comme exclus du reste du monde. Ils avaient délimité le territoire de leur vie à deux. L'amour pour eux avait plus de prix que tout autre chose. Communiant avec l'eau, le monde autour d'eux était celui de leur plein épanouissement. Chacun donnait l'impression. Le constat corroborait ces impressions à distance. Les scènes de vie étaient splendides comme au théâtre, dans le cinéma, la musique et la poésie.

- Je ressens des sensations étranges. Je ne réalise pas encore que tu es enfin là. Si c'était dans les urnes, je te ferais mon candidat imbattable dit Dompihan à Mahini, avec un sourire hautement fascinant.
- Tu dis vrai. J'ai besoin des suffrages de ton cœur. Rien n'est facile, notre relation n'est pas à l'abri des soubresauts des contingences. Et puis, nous sommes encore élèves. Donc, une sorte de société d'amour à responsabilité limitée.

Ils rigolèrent abondamment au point de couler quelques larmes.

- Remercie Dieu déjà. Qui sait s'il ne nous accordera pas toute la latitude de rêver immortellement et de s'aimer infailliblement.

Mahini marqua un arrêt, ses lèvres tremblèrent. Il coupa son souffle, avala sa salive ensuite. Sa trachée-artère était libérée pour que parole soit dite à qui attendait cela.

- Tu es une pluie sans vent. Une note mélodieuse qu'aiment bien entendre mes oreilles au seuil de l'aurore.
- Mes nuits seront prisonnières de ton absence. J'ai hâte que le temps se déplie afin que les années nous mènent à la maturité convenable, répliqua Dompihan.
- Si je pouvais apprivoiser ce temps semeur de tempêtes, moissonneur d'orages, je le ferai. Tu es une femme complète comme le lait. Ta beauté immense mérite un amour immense. Mais j'ai peur que le temps ne me fasse mentir ou pleurer.
- Avec toi, en cas de pénurie alimentaire, je vivrai d'amour.

Quelle folie ! Mais avant cela, ils devraient prier la clémence des temps futurs. Le qualificatif noble que portera leur avenir viendra des bourgeons des efforts déployés actuellement. Leur amour était à édifier avant qu'ils en soient follement attachés. Ils devront donc, tout en se confiant à des levers de jour et des couchers de nuit, garder un pouvoir sur eux-mêmes, question de dompter les tentations qui parsèmeraient leur parcours. En cela, ils avaient pleine conscience que le doute renvoyait à la prévoyance et que l'espérance s'inscrivait du domaine de la croyance. Dompihan s'arrêta, puis s'assit, Mahini se mit en face d'elle dos à l'eau du barrage, ils s'embrassèrent dans l'indifférence totale, à côté d'eux, des enfants qui pouffèrent de rires de plus en plus grands, ce qui les obligea à revenir sur terre.

- Te rends-tu compte ? Je t'ai embrassé, dit Mahini à Dompihan.
- Je ne me suis pas rendue compte. J'avais l'impression d'avoir les oreilles bouchées et les yeux fermés. C'est formidable.
- Je l'espère pour de bon. Alors, si je pouvais t'emmener…
- Emmène-moi dès aujourd'hui. Enlève-moi, intervint Dompihan.
- Ne te tarabuste point. Mon amour pour toi est né de bonnes semences. Convaincs-toi que ce que tu ressens pour moi est bel et bien enfoui là dans ton cœur ; que ton amour n'a d'autre source de motivation ; que tout litige aura pour juge impartial le cœur, avec la foi en ce que l'on éprouve et en reçoit.

Brusquement, Dompihan se jeta dans l'eau, simulant la noyade ; Mahini plongea dans l'eau, la ressortit de là ; elle joua l'évanouie. Mahini paniqua.

- Dompihan ! Dompihan ! Reviens-moi ! Ne me laisse pas là. Je suis avec toi ; je serai avec toi. L'un et l'autre nous serons ensemble pour le souffle et pour le néant.

Dompihan ouvrit les yeux avec un sourire radieux. Elle brilla de son teint naturel, de sa beauté sans parures encombrantes, de sa forme de fée, de sa taille souhaitable, environ un mètre quatre-vingt.

- Enfin, tu es revenue à toi-même. Que s'était-il passé ?
- Je suis revenue de je ne sais où. Je vais bien à présent.
- Tu m'as fait une de ces peurs.
- J'étais en quête d'une autre preuve d'amour.
- De ma part ?
- Oui. Une preuve que rien ne pourra falsifier.
- Je te garantis que quoiqu'il arrive tu auras ta pension d'amour.

Dompihan vint plus proche de Mahini, le poussa dans l'eau, il ne ressortit plus. Elle attendit en vain, s'écria, courant à l'aveuglette, appelant au secours. Mahini remonta à la surface de l'eau comme noyé. Dompihan se jeta dans l'eau, les secouristes la rattrapèrent pleurant à gorge déployée. Puis ils sortirent Mahini hors de l'eau. Ce dernier simula le mort, Dompihan le prit entre ses bras, pleurant chaudement.

- Calme-toi mon amour. Je ne suis pas mort. Je ne mourrai qu'avec toi ; je ne saurai te laisser souffrir de quelque manière.

Dompihan heureuse rit les larmes aux yeux et sur les joues, ils s'embrassèrent. La foule alertée se dispersa. L'amour les rendit fous se dirent-ils. Mais le temps était compté pour Dompihan.

- Rentrons à la maison, j'ai beaucoup de travaux de ménage à faire ; à l'heure-ci, mon père est absent, ma mère aussi, je dois partir.
- Ils t'aiment, tes parents. Mais toi, tu as l'obligation d'amour vis-à-vis de moi. Confirme-le-moi sinon, je meurs dans l'eau tout de suite.
- Je confirme avoir l'obligation d'amour vis-à-vis de toi.
- Pour toi, mes sentiments se renouvelleront comme le jour et la nuit.
- Je reçois-là ton serment d'amour. Que te restera-t-il demain à me dire ?

- J'ai un patrimoine sentimental qui se moque de l'épargne de mes sentiments.
- Là, tu me rassures. Je ne craindrai aucune calamité.

Main dans la main, ils rentrèrent à la maison en se chatouillant, se pourchassant, rigolant, se câlinant. Mahini et Dompihan arrivèrent, franchirent la route pour accéder à leur cour, cela coïncida avec le passage de Remi, un jeune soldat. Il les arrêta.

- Dompihan, j'ai à te parler, je n'en ai pas pour longtemps, laissa entendre Remi.

Dompihan jeta un coup d'œil à Mahini, celui-ci lui fit le signe des yeux d'aller mais indiqua des doigts seulement deux minutes de temps imparti à cette entrevue.

- Bonsoir, Remi, salua Dompihan à l'arrivée.
- Ne peux-tu pas te hâter un peu ?, questionna Rémi sur un ton de terreur.
- J'ai mal au pied, et puis que veux-tu me dire ? Tu as reçu la réponse à ta déclaration d'amour n'est-ce pas ?
- Oui. Mais je trouve que tu n'es pas très juste avec moi. Tu me repousses sans ménagement comme une ordure.
- J'ai préféré la franchise à l'hypocrisie, sinon je pouvais te berner avec un oui qui ne tient pas. Excuse-moi on m'attend.

Dompihan s'en alla, Rémi descendit de son cyclomoteur, la rattrapa par la main. Le feu de sa beauté le brûlait. Il se laissa aller à ce désir ardent d'aimer la femme se trouvant en face de lui.

- Dompihan, tu connais le haut degré de mon amour pour toi. Je ne triche pas, c'est la vérité. Je suis littéralement amoureux de toi. Fais-moi subir un examen d'amour si tu veux une preuve scientifique à ce sujet.
- Je le sais, mais j'ai déjà un homme dans ma vie, le voilà devant toi, là-bas. Il me suffit. Inutile d'insister Rémi.

Dompihan indexa Mahini qui donnait dos ; le jeune soldat se dirigea vers lui, arriva, le tapota à l'épaule. Mahini en se retournant reçut en plein visage un coup de poing et tomba sur les fesses. Dompihan paniquée, pleura. Au moment où le jeune soldat envoyait un deuxième coup de poing, Mahini se releva, le bloqua et en profita pour lui asséner un coup qui l'envoya à son tour au sol, son béret se projeta à une distance incroyable. Le jeune soldat se leva, alla prendre son cyclomoteur, retourna à la caserne chercher du renfort et revint. Dompihan et Mahini étaient toujours sur place. Le groupe de soldats déchaînés arriva en courant avec des ceinturons. Ce fut à beau jeu beau retour. Ils les surprirent avec des coups violents. La chasse à l'homme commença. Ce fut le sauve-qui-peut. La mère de Dompihan intervint pour calmer les esprits ; un soldat la brutalisa, elle tomba, se fractura la jambe. Pendant ce temps, Mahini et Dompihan prirent le mur. Furax la bande de soldats prit la rue, passa à tabac piétons, cyclistes, automobilistes, saccagea maquis, panneaux publicitaires, stops, marchandises, malvoyants et autres biens à son passage. Mahini et ses amis réunirent à leur tour des jeunes, s'armèrent de gourdins et de lance-pierres à la poursuite du groupe de soldats, se retournant dans la caserne après la casse. La ville se réveilla avec une soudaineté nonpareille; la grogne monta comme du mercure; les gens couraient les pieds nus, les femmes armées de spatules, les enfants de lance-pierres. La nuit devint brûlante. La panique se généralisa. Sur les lèvres, la révolte sonnait. Dans tous les cœurs l'indignation rongeait. Le chef de canton alerté se leva, alla chez l'imam de la mosquée la plus proche. Il le trouva en pleine prière. Mais l'heure était suffocante. Le danger était dans l'air. Au jugé de tout cela, il se vit obliger de perturber la prière de l'imam, bien à son corps défendant.

    - L'imam, je viens vous voir dans une extrême urgence sociale. Il faut que nous fassions quelque chose pour éviter le pire, sinon nous le regretterons tous demain.

L'imam s'arrêta de prier, porta son boubou en l'envers, le chef le lui montra, il l'enleva, le porta de nouveau en marchant. Tout urgeait. Chaque seconde comptait. Il y avait péril en la demeure. La crise sociale naîtrait s'ils n'intervenaient pas à temps. L'enjeu était pluridimensionnel. Les dégâts matériels, les pertes probables en vies humaines, l'équilibre social qui se perturberait. Tout cela faisait le casse-tête de ces deux notables. Il fallait agir, et d'un commun agir et à la va-vite. L'imam le suivit. Il n'eut pas besoin de le lui expliquer. L'imam avait eu vent de la grogne. Il s'était même plaint de voir la quiétude des uns et des autres volée en éclats, tout du coup, pour une histoire de fesses. Il y avait mieux à faire. Tant de problèmes cruciaux restaient à dompter. La cité de Bankuy avait besoin de relever les défis de développement. Elle avait besoin de sortir de l'ornière de la misère sévère. Le combat à ce niveau avait besoin des toutes les énergies fédérées. La discorde consistant à démolir ces efforts consentis n'était pas la bienvenue. Alors, il y avait urgence à agir avec perspicacité pour circonscrire les effets pervers de cette crise pleine d'imbécillité. Pour cela, il fallait des gens sages pour résoudre ce problème créé par des individus aveuglés de part et d'autre par le sexe. C'était encore le sexe. C'était encore lui. Lui qui amenait le roi à tuer son meilleur ami supposé flirter avec sa reine. Lui qui engendra des crises provoqua la chute des empires. Ciné loba, puis rond-point place de la femme, les deux notables intervinrent. Le silence s'installa, la foule difficilement tendit l'oreille rebelle. Le feu avait pris trop de dimension. La braise repoussait de loin. Alors, tous les tacts étaient les bienvenus pour y faire face victorieusement. Le chef de canton remit son boubou sur ses épaules, pour faire bonne mine et dit :

- Vous avez raison de réagir ainsi. Il n'y a pas de justification possible à de tels comportements dans un Etat qui se veut, celui de droit.

La foule applaudit. Le chef marqua une courte pause. Occasion aussi pour lui de chercher le vocabulaire adapté à pareille circonstance de crise.

- Mais quand l'âne vous donne un coup de sabot ne répliquez pas. Il ne sert à rien de vouloir leur réserver un chien de leur chienne, ajouta-t-il.

A ce propos, les points de vue divergeaient. Une partie était pour la vengeance, les bruits partisans de cette option musclée montaient, les gourdins se brandissaient, les injures fusaient. Le chef de canton écouta les protestataires. Il mit le temps qu'il fallait pour trouver des réponses calmantes à cette colère bien décidée à s'exprimer.

- Ne répondez pas au vandalisme par le vandalisme. Calmez-vous, demain tout cela pourrait être tiré au clair. Comptez sur notre ferme soutien.

La foule s'excita de nouveau. La tension semblait baisser. Mais personne ne voulait faire demi-tour. La situation se bloqua. Du reste, un dialogue de sourd naquit entre les deux camps. Le chef de canton jeta un coup d'œil à l'imam question de l'inviter à voler à son secours. Il était bien visiblement à court d'arguments. Sa sueur coula. Mais sa main ferme sur sa canne tenait à barrer la route au désastre. L'imam comprit l'essoufflement du chef de canton, prit la parole appuya fortement les propos de son prédécesseur.

- Le chef de canton a tout dit. C'est à vous de nous écouter. Nous sommes avec vous. Nous voulons comme vous la paix dans la cité. A la suite du chef de canton, je vous réitère notre soutien total. Mais je vous prie de retourner à la maison. Le pardon seul sera le remède à même de guérir cette plaie provoquée au cœur de notre société. Il n'existe pas au monde une société où on répare exclusivement la faute par une faute, le crime par le crime, la bêtise par une bêtise peut-être plus gravissime.

La foule applaudit, hurla. On porta en triomphe les deux notables. Les esprits se refroidirent. La tension baissa. La sueur de moins en moins coula sur les fronts ridés de colère. Les cœurs de moins en moins battirent la chamade. Les pouls se stabilisèrent. La foule fit demi-tour portant toujours en triomphe les deux notables. Peu de temps après, la foule se disciplina. Les deux notables se retirèrent à la maison. Les gens aussi se dispersèrent. Le calme précaire revint. La ville soupira. La nuit fut longue pour les réparations attendues. Les dégâts étaient énormes. Mise au courant, la hiérarchie militaire se saisit de l'affaire, sanctionna les éléments fautifs, procéda ensuite à l'enregistrement des victimes. Puis, elle organisa une journée de cohésion sociale, rythmée en reboisement, football, cocktail de partage avec pour seul leitmotiv le pardon. Les plaies de la crise se cicatrisèrent. La fâcherie s'enterra. N'est-ce pas que ce fut facile comme tout. Les victimes furent dédommagées. La mère de Dompihan figurait parmi les victimes innocentes. Ainsi, toutes les crevasses de la crise se nivelèrent. Les traces visibles disparurent. Seule la mémoire collective gardera les stigmates dans les archives de la cité Bankuy. Plus tard on parlera de cela en terme de mémoire triste. Un point. Et on ouvrira la page suivante de l'histoire même si ce serait au regret.

Après quoi, un jour, Mahini vint chez Dompihan. À peine entré à la maison, le père de Dompihan se retira dans sa chambre, sa mère, elle, était toujours à l'hôpital des suites de sa fracture. Mahini s'intrigua, Dompihan lui donna un baiser de réconfort et discret.

> - Te rends-tu compte de la folie que m'a infligée ta présence ? J'ai eu le toupet de t'embrasser ici. Fort heureusement que personne ne nous épie, dit-elle.
> - C'est tant mieux pour nous. Mais je m'inquiète d'une chose qui, de si peu, vient de se produire.
> - Ne t'en fais pas, rassura Dompihan.
> - Ton père me rejette-il ostentatoirement ?, demanda Mahini l'air un peu perplexe.
> - Non. Il attend que je te présente à lui. Tu verras, il appréciera cela. Mon père veut que les choses soient ainsi.
> - C'est comme ça avec tous les étrangers ?
> - Non. Il en est ainsi avec mon étranger : toi.

Dompihan alla parler à son père. Elle le savait très attentif à ses fréquentations. Certaines visites n'étaient pas tolérées. Fébra, le père de Dompihan, semblait se charger en personne du carnet de visite de ses filles. Les études étaient la priorité des priorités. Il en était certain que l'amour viendrait plus tard avec le temps. Il n'était donc pas question de laisser ses filles bafouer leur vie dans des liaisons hasardeuses aux risques très fâcheux. Puisque avec les jeunes une grossesse, la plupart du temps, est vite arrivée. Alors, il filtrait les entrées et les sorties de ses filles, contrôlait les fréquentations jusqu'aux correspondances. Même si, ses filles ne lui offraient pas l'occasion de se saisir d'une lettre compromettante. Lui, au moins, s'évertuait à jouer les vigiles dans ce domaine précis. C'était un souci légitime de père. Un réflexe de parent responsable vis-à-vis du futur de ses enfants.

Ainsi, au tout début, Mahini était très mal reçu dans la famille de Dompihan. Il y venait sous le couvert de Dara, cousin de l'autre. Ce qui lui permettait de garder le contact avec Dompihan. Aussi, Dara était devenu le postier des deux amoureux voilés. Ils faisaient le même lycée que Mahini ; ils étaient dans la même classe. Quant à Dompihan, elle fréquentait le lycée du Mouhoun. Mais le seul point commun s'était la même classe de troisième. Le seul lieu de regroupement indiqué était la cité, essentiellement la nuit, aux heures d'études. Quand Mahini écrivait à Dompihan le matin, Dara en rentrant à midi transmettait le courrier. Dès que Dompihan finissait de remplir convenablement la « panse » elle se mettait à table pour répondre à la lettre de Mahini. A quinze heures, l'après-midi, Dara se chargeait de transmettre la réponse à Mahini. Chaque jour enregistrait ainsi un courrier. Aussitôt, le soir, le feedback était reçu au grand bonheur des deux cœurs épris l'un pour l'autre. Cela dura. Mahini et Dompihan avec le concours de Dara, réussirent à cacher cette liaison durant des mois. Mais, les sentiments étant durs à emprisonner, la chose finit par se laisser interpréter. Mahini venait chez Dompihan en l'absence même de son cousin. Ils sortaient ensemble. Son père qui l'avait déjà admis dans la famille eut les milles difficultés pour l'y empêcher. Que faire ? Mahini était aussi d'un soutien précieux à Dompihan. Elle progressait depuis qu'elle était en compagnie de Mahini. Studieux, Mahini entraînait tout le monde avec lui dans les études. Il ne paressait pas dans les recherches et la lecture. Même si, il accordait un temps à l'amour. Cet amour, se vivait à travers la présence permanente de Dompihan à ses côtés aux heures d'études. Aussi, il lui arrivait d'écrire à Dompihan pour lui traduire tout ce que la présence d'autres personnes parmi eux ne favorisait pas. Chose qui permettait en retour à Dompihan de mesurer son degré d'adhésion à cette liaison. Afin d'avoir le cœur net au sujet de Mahini, le jeune garçon qui était dans le cœur de sa fille, le père de Dompihan, fit des recherches sur ses origines. Il découvrit là, en fin de compte, que Mahini était le fils de la femme qu'il devrait épouser par le passé. Il avait aimé à jamais cette femme. Il continuait à l'aimer d'un amour impossible pourrait-on dire. Au fait, il devrait épouser la mère de Mahini quand elle était jeune fille. Mais le départ de son père dans l'armée coloniale et lui ses études avaient constitué les obstacles sérieux à leur union. Pour en être certain, il rendit visite à la mère de Mahini, mariée dans un village à deux heures de marche de la ville. La mère de Mahini était déjà veuve. Mahini perdit son père très tôt. Il n'était qu'élève sans héritage. Dans la cadence d'une nuit, une nuit au poids du monde entier ; cette nuit-là, son père s'en était allé. Il n'eut pas le temps d'écouter le cœur de son fils. Il n'eut pas le temps de lui déléguer ses forces nécessaires pour affronter les affres de la vie d'orphelin. Sans bouclier indomptable, sans aileron de pigeonneau, cette nuit là, son père non content d'abandonner ses enfants sans tutelle, s'en était allé à jamais. Il s'en était allé de son corps, son souffle refusait de s'éteindre. Son cœur resta accroché à son envie de vivre et d'accomplir jusqu'au bout son devoir de père vis-à-vis de ses enfants. Hélas ! Il s'en était allé laissant sa mangeaille baigner dans une rivière de larmes. Il s'en était allé dans la vallée du silence, loin des échos de larmoiements de ses fils. Alors, demain qui résultait des manœuvres de l'espace décoiffant et du temps martyrisant, dans l'ordre des déchirures des jours et nuits se passant sans extraordinaire moment, ressemblait à une fable pour Mahini. Il devait traverser pleins de vents sans visière aux yeux ; il devait se mesurer à tant de désastres sans barre à mine en main ; plein de courant d'eau à franchir sain et sauf sans pirogue. Ainsi, il vécut sa vie d'enfance dans son univers sans paravent. Mahini eut une vie d'enfance assez particulière. Pour la pénétrer, il fallait regarder sous le couvercle du passé. Un amas de choses détestables et de psychose s'y trouvaient gravées. Il fallait demander avec le ton ferme à ces choses-là, l'invective ne donnerait rien. Le charme peut-être produirait des résultats à terme. Pour tout découvrir, il fallait se tenir en détective de liens. Pour cela, il fallait tourner chaque page en historien en perspective. De temps à autre, il fallait revenir sur l'incompris en enquêteur. Parcourir les années terribles de sa vie s'imposait. Réveiller les nuits sans clarté qu'il eut subies et vécues, leur poser de subtils questionnements était nécessaire. Parce qu'elles en savaient beaucoup trop sur le petit Mahini. Et ce, très tôt. D'ailleurs, méchamment, elles en savaient beaucoup trop. Elles avaient fait l'histoire de sa vie jusqu'au bout. Elles tenaient le bout du tout neuf recherché dans les pages anciennes de sa vie. Dans leur silence, dormaient un tas de souffrances. Demandez-les ! Demandez-les avec insistance semblait être le mot d'ordre à qui voulait en savoir sur sa vie. Dans ces archives du passé, tout y était. Mais pas dans les merveilles. En y allant, on trouvait tantôt des réponses sommaires tantôt des réponses pleines de retournements de cœur. C'eût été comme ça ! Les choses l'étaient ainsi, bien tristement. Et s'il s'était battu dans la vie, cela tenait de ses rêves. Les rêves de remplacer son père auprès de ses petits frères. Le rêve d'être homme par lui-même. Le rêve de dompter l'égoïsme du sort. Pour lui, le retour aux sources discrètes de soi urgeait comme une urgence chirurgicale ou encore comme une gésine finissant par césarienne. Malencontreux instants de vie ! Au préambule de chaque matin au village, tirée à hue et à dia par les besoins, la mère de Mahini se levait sans pain et allait faire sa toilette au puits ; puis, son han sur la tête, elle fendait, le pagne froufroutant, la grande brousse. Au retour, plusieurs heures après, le bois sur la tête, son enfant tantôt sur le dos tantôt sous les coudes, elle arrivait à la maison. A peine le han à terre, elle étanchait sa soif ayant déjà en tête une urgence domestique à accomplir au plus vite. Puisette et seau en main, elle allait et revenait de la corvée eau. Calebasse de petit mil sur la tête, elle attaquait la meule pour moudre ce mil en chantant ; juste après quoi, au quotidien, le pilon retentissait dans le mortier pour apprêter les différents ingrédients de la sauce. Ensuite, entre deux feux, elle préparait son tô et sa sauce. Quand sonnait le moment de prendre le repas tant attendu, le climat devenait convivial. En commensaux, tous se mettaient à table. Ils mangeaient heureux de ce qu'ils avaient à manger. Après le repas, pour certains, le sommeil s'invitait aussitôt, pour d'autres, c'était le temps des wahiri (contes) en compagnie de leur mère qui savait les en conter de tous les goûts A deux, en aparté, au cours de l'entrevue le père de Dompihan et la mère de Mahini décidèrent de matérialiser leur union manquée par cette de leurs enfants. C'était là, un pacte, un secret de vieux amoureux. Adhérant à l'idée, la mère de Mahini le fit venir au village. Il l'assit et lui fit part de ce pacte entre le père de Dompihan et elle. Au préalable, elle dut expliquer à Mahini ce que le père de la fille qu'il aimait eut représenté pour elle. Il devrait être son mari à elle. Donc son probable père. Les circonstances de l'histoire ne purent permetttre à leur rêve de grandir. Mahini mesura la portée des révélations de sa mère. Ensuite, il promit à sa mère d'être exemplaire vis-à-vis de Dompihan afin qu'à l'avenir, au terme de leurs études, ils puissent se marier. Droiture, franchise, dignité, abstinence et fidélité furent les mots clés adressés à Mahini. Sa mère voulut l'aider à mieux agir, à n'être pas l'auteur d'une quelconque indélicatesse à même de compromettre ce mariage. Les cœurs étaient pourtant chauds à fondre pour Mahini et Dompihan. La pudeur n'était pas là pour les empêcher de tout déballer. Le monde était comme un champ de sentiments florissant. Eux aussi, étaient à considérer comme les propriétaires de ce champ de litanies d'amour. Chacun s'irrigua d'une dose de quiétude. Même si, d'un côté, la patience se consumait. Les cœurs se réchauffaient ; longer le Mouhoun, lors d'une randonnée accueillis du psittacisme des oiseaux, augurait de convivialité. Ils se cherchaient chaque jour des yeux. Chacun avait hâte d'immortaliser l'autre sous ses paupières à jamais. Chacun avait gratté là où, des choses démangeaient le cœur. Ils s'appelaient à venir combler le vide en chacun. A l'opposé, le père de Dompihan omit de prévenir sa fille. Il ne dit donc pas à sa fille cette vérité historique. Il continua à tolérer de façon express les entrées et les sorties de Mahini dans la cour. Dompihan ne comprit pas de suite pourquoi son père devint très clément envers le garçon que sa mère, au contraire, ne voulait voir aucunement dans la cour. Refusant de dénoncer l'identité de Mahini à sa femme, la mère de Dompihan fit elle aussi ses propres investigations à son sujet. A son tour, elle découvrit que Mahini n'était ni plus ni moins que le fils de la femme que son mari avait préférée à elle. Alors, elle décida de faire ombrage à cette relation. Sachant que son époux ne sera jamais d'un grand soutien dans ce combat, elle prit le contre-pied de toutes ses initiatives pour voir avorter ce projet d'union entre Mahini et Dompihan. Elle écrivit d'abord une lettre à son frère d'assez lointain. Dans la lettre, elle demanda à ce dernier d'accepter d'épouser sa fille, question de l'épargner du syndrome du fils de sa rivale, la femme que son mari avait préférée à elle. Ce dernier ne refusa pas cette proposition faite, lui qui était aussi en quête d'une âme sœur pour fonder un foyer. Après cela, elle fit recours à un marabout. A ce dernier, elle demanda de lier bouches et esprits de Dompihan et de son père. Question de les abêtir, de les rendre veules sur ce sujet. Le marabout lui promit des exploits. Elle paya les prestations y afférentes. Du coup, le père de Dompihan devint étrange à l'égard de Mahini. Les sorties qui étaient tolérées ne l'étaient plus. Quelquefois, il leur disait de rester dans la cour sans franchir le seuil du portail. De tout cela, Mahini ne vit pas d'inconvénients, il était plutôt convaincu que le père de Dompihan le faisait pour mieux les aider à atteindre le bout du tunnel. Puisque lui-même était signataire du pacte d'avec sa mère. Alors, les choses se passaient ainsi. Les soirées de Mahini et Dompihan se déroulaient dans la cour, parfois devant le portail, sur ordre de son père. L'amour grandit très vite entre les deux. Ils s'aimaient véritablement. Ils croyaient plus à leur mariage ; ils esquissaient quelques projets de vie commune. La tentation devint grande pour les deux. L'attirance était plus forte qu'eux. Ils eurent envie de se découvrir, mais la peur habitait le cœur de Mahini. Lui, envers qui, sa mère avait été très ferme. Il hésitait même si Dompihan, elle, se plaisait à lui tendre l'appât. Le comble, une amie de Dompihan qui était enceinte accoucha. Quand son enfant, un garçonnet eut cinq mois, Dompihan l'amena chez Mahini. Elle était venue lui présenter l'enfant d'une amie d'enfance. Une amie qui était moins âgée qu'elle ; elle disait être plus âgée qu'elle de dix mois, presque un an. Elle ne s'arrêta pas là. Elle alla jusqu'à demander à Mahini de lui faire un enfant pareil. Cet enfant selon ses vœux devrait être un garçonnet. Mahini n'approuva pas cela. Il n'était qu'élève. Il poursuivait ses études grâces à sa bourse. La charge d'un enfant était hors de sa portée. Aussi, cela ficherait les études de Dompihan en l'air. Sa mère n'en voudra pas, son père à elle également. En plus, son oncle, lui, l'avait averti sans demi-teintes dans ses propos, en lui faisant comprendre qu'il ira cultiver au village, si un jour, il venait à se rendre responsable de la grossesse d'une fille. Dans tous les sens, il y avait des menaces, des garde-fous. Mahini refusa au nom du but qu'il voulait réaliser avec elle. Ce qui ne plut pas à Dompihan. Ce fut là aussi, la première fois qu'un quiproquo s'introduisait entre eux. Dompihan repartit furieuse. Mahini essaya de calmer le jeu. Il écrivit une lettre à Dompihan pour mieux se faire comprendre ; elle qui voyait dans son refus un désamour. Ce qui ne l'était pas. Ils firent de leur mieux pour sauver l'essentiel même si le sujet de l'enfant était devenu un talon d'Achille pour Mahini. Il s'assumait en essuyant des revers sur ce sujet poignant. Il finit par se confier à sa mère, celle-ci l'encouragea à rester inflexible sur ce sujet parce qu'il n'était pas encore temps pour eux d'avoir un enfant. Eux-mêmes avaient encore besoin d'éducation. Mahini resta ferme. Il tint tête à toutes les manœuvres de Dompihan destinées à le désarmer. Il tint malgré tout. Ce qui laisser croire à Dompihan qu'il ne l'aimait pas sincèrement. Parce que, pour elle, s'aimer voudrait dire, tout partager, se faire plaisir. Mahini était enchaîné dans sa conscience. Il aimerait bien faire plaisir à Dompihan, mais tant d'obstacles le retenaient prisonnier, veule, incapable de décider de son propre plaisir. Ce problème dura. Il persista. Pis, il commença à semer le doute dans le cœur de Mahini. Dompihan tiendra-t-elle face à la tentation d'un autre ? Il ne pouvait le deviner. Il craignait du même coup le pire des cas. Du moment que Dompihan prenait ses distances avec lui. Elle l'écrivait de moins en moins. Elle lui rendait visite rarement. Mahini se résolut à sauver l'essentiel de leur relation. Il écrivit une lettre à Dompihan, lui proposa des relations sexuelles, sans plus. De l'enfant il n'était pas question. Plus tard, oui. Cette proposition enchanta Dompihan. Ils convinrent de se découvrir à l'occasion de la soirée récréative de l'association des étudiants et scolaires de leur village natal. La paix revint de suite dans les cœurs. La relation galopa en intensité entre eux. La confiance refit surface. La raison l'emporta. Puisque Dompihan finit par comprendre que Mahini le fit pour le bien à eux deux. A l'orée de cette soirée de nouba qui devrait se tenir au village, Mahini demanda par avance, la permission au père de Dompihan. A moins de deux semaines de l'événement, le père de Dompihan accepta. Ce qui réjouit énormément les deux amoureux. Place alors aux préparatifs. Ils mirent toutes les chances de leur côté pour réussir la soirée. Hélas, à deux jours de l'événement tant rêvé, le père de Dompihan revint sur sa décision. Il fit savoir à Mahini et à sa fille que l'autorisation était caduque. Ce qui signifiait qu'ils ne pouvaient pas se rendre à la manifestation. Fut-ce là, un coup de théâtre insupportable pour Mahini. Il essaya tout, le père de Dompihan resta inflexible. Dompihan pleura. Mais ses larmes ne changèrent rien à la donne. Ensemble, Mahini et Dompihan convinrent de respecter la décision prise à leur égard. Mais comment Mahini qui était membre du comité d'organisation pouvait se dérober à cette soirée ? Y aller seul, sans Dompihan, violerait leur pacte. Que faire ? Le jour même de la soirée, Mahini inventa un voyage. Il partit à Ouaga pour répondre soi-disant à l'appel pressant de son frère. Ses camarades ne firent pas ombrage à cela. Ils le permirent de voyager. Alors, il vint très tôt chez Dompihan l'informer de son voyage. Un voyage qui se présentait comme une alternative au respect de leur pacte. Ensemble, ils se rendirent à la gare routière. Dompihan assista de visu au départ réel de Mahini. Quelques larmes coulèrent de leurs yeux au moment où le car démarra. Même si, ils s'étaient fait la ferme promesse de se retrouver au bout de deux petites semaines. Après quoi, Dompihan rentra à la maison. Elle était très mal à l'aise à l'idée de ne pas pouvoir participer à la soirée avec Mahini. Ses frères aînés eux avaient la permission. Ses amies aussi. C'était douloureux à admettre. Ne voyant pas une autre issue, elle se résigna à espérer que les prochaines fois, elle sera de la partie avec son prince charmant. Mais dans la soirée arriva un jeune homme, du nom de Vini. Sa mère fit la présentation de Vini à tous comme étant son petit frère. Vini venait également pour prendre part à la même soirée. Il était le frère de la mère de Dompihan, cavalier solitaire. Tout de suite, la mère de Dompihan proposa à son époux, d'accorder à son frère, la permission d'emmener leur fille à la soirée. Avec Vini, le chemin était plus sûr. Quoi de fâcheux pouvait arriver entre eux. Voilà la combine. Tout de suite son père, tout en regrettant son refus d'accorder la permission à Mahini, donna quitus à Dompihan de s'y rendre en compagnie de Vini, le petit frère de sa mère, son oncle à elle. Il n'y avait pas pareilles mesures de sécurité pour Dompihan. La nuit tombée, en compagnie de ses frères aînés et Vini, son oncle, Dompihan partit à la soirée de réjouissances. Elle était aussi sûre de qui elle était en compagnie. La soirée se passa. Ils dansèrent, s'éclatèrent au maximum sous le regard blessé de l'ami de Mahini. Avant tout le monde, ils quittèrent la soirée. Vini continua chez son cousin Biè au village, lui aussi ami de Mahini. Biè était élève et dormait seul dans une maison appelée le ghetto. Biè reconnut Dompihan en compagnie de Vini, lui offrit les clés de la porte de la maisonnette et repartit. Là, il se passa ce que son père n'avait pas imaginé. Dompihan perdit cette nuit son hymen. Le pire était arrivé. Mahini était vu comme l'incapable. Ce vaurien qui refusait de se donner du plaisir avec elle. Au bout de la nuit, Vini ramena Dompihan à la maison. Tôt le matin, il se rendit au village pour faire le bilan à son cousin Biè. Arrivé, il fit le bilan dans les moindres détails. Biè ne put rien lui dire. Il ne dit pas aussi ce qu'était Mahini pour lui. Ce serait trop tard. Du moment que Dompihan elle-même n'a pas tourné le dos à la proposition de Vini. Ils se connaissaient à peine. Il était dit que Vini est son oncle. Vini eut décliné son identité devant elle en famille sous ce statut. Son père en était témoin. Elle-même, était présente au moment des faits. Même l'alcool ingurgité ce soir-là, ne pouvait justifier la faiblesse de Dompihan. Mahini passa deux semaines laborieuses à Ouagadougou. Il fallait plus de jours. Mais déjà, il ne tenait plus. Il se sentait trop solitaire loin de Dompihan. Son cœur subissait de plus durs malaises. Il avait mal en son cœur amoureux. Il tenait un roman de SEMBENE Ousmane pour lui servir de passe-temps. Ce roman, Les bois de bois de Dieu, fit les frais de cette solitude d'amour. Il écrivit tous ses sentiments forcés de naître, le trop plein d'amour éprouvé à l'occasion, dans les pages blanches de ce roman. C'était une première pour eux de se séparer de cette façon. En fin de compte, il n'en existait plus. Mahini souffrit seul. Son frère aîné ne le savait pas. Sa femme non plus. La travailleuse familiale, elle, avait pu observer des choses étranges dans ses gestes. Mais ne le connaissant pas très bien, elle s'était abstenue de dire quoique ce soit à son sujet. Pendant ce temps, son frère s'attelait à lui trouver son trousseau de fournitures et ses frais de scolarité. C'était ça lui son casse-tête. Du moment où il le fallait sans rémission. De ce fait, Mahini dut passer une semaine de plus que prévu. Il ne savait pas où mettre la tête. Tout était important à ses yeux. Les fournitures, les frais scolaires, l'amour de Dompihan. Cette semaine fut très longue. Il en était malade. Son humeur changea. Il était tiré à hue et à dia. Son cœur et son esprit se trouvaient à Dédougou, son corps, lui, était en voyage avec lui à Ouagadougou. Au bout de la semaine fatidique, son frère lui donna son trousseau et le nécessaire y afférent. Mahini pouvait enfin projeter de partir. Il avait les coudées franches pour décider. De toute façon, son frère ne s'opposera pas à cela. L'essentiel de sa venue était accompli. Rien ne pouvait le retenir dans une ville où il ne se sentait pas dans l'absoluité. C'était à midi. Mahini eut le temps de réfléchir. Il décida de partir dès l'aube, au petit matin. Il fit son sac sans même entendre l'avis de son frère. Ce dernier d'ailleurs n'était pas encore rentré du service. Il fallait l'attendre afin que le problème lui soit posé. Là était la crainte de Mahini. Son frère pouvait lui opposer une fin de non recevoir pour des raisons d'argent. Il avait peur d'être obligé de prolonger son séjour à Ouagadougou. Son cœur tremblait pour ça fortement. Le soir arriva. Il n'attendait plus que l'arrivée de son frère. Celui-ci n'était pas venu à midi comme à son habitude. Mahini perdit l'espoir de pouvoir voyager dès le lever du jour en direction de là où son cœur était resté. Avec la famille, il prit le dîner sans son frère. Sa femme avait précisé qu'il viendra un peu tardivement. Il avait le conseil des ministres à préparer, lui étant cadre au premier ministère. Après le repas, les autres rejoignirent leurs lits. Mahini resta. Il suivit la télé. Il changeait de canal à l'envi. Il fallait qu'il parlât à son frère avant de dormir. Il attendit jusque tard dans la nuit. Cette fois, le sommeil eut raison de lui. Il s'endormit dans le divan. Son frère arriva à son insu, vit la télé en marche, l'éteignit et continua dans sa chambre. Sentant la télé éteinte, Mahini se réveilla, se leva ensuite en direction de sa chambre. Il alla se coucher. Son frère revint au salon, il n'y était plus. Celui-ci se retourna dans la chambre. Minuit c'était. Tôt le matin, dès le premier chant du coq, Mahini sauta de son lit. Il alla au salon juste après sa toilette. Il savait son frère un lève-tôt. Il l'attendit au salon, le sac fin prêt. Dès qu'il entendit ses pas, il soupira, celui-ci se mit à table pour son petit-déjeuner. D'habitude, il le prenait seul, très tôt pendant que les autres se débattent encore dans les bras de Morphée. Le voir au salon étonna son frère.

- Es-tu déjà réveillé ? Qu'est-ce qu'il y a ?
- Hier, je t'ai attendu vainement.
- Et pourquoi ?
- Je veux repartir à Dédougou aujourd'hui.
- Rien ne fait obstacle à ton départ, du moment que tu as ton trousseau de fournitures. J'espère que ton sac est prêt ?
- Oui, il est prêt.
- Je ne pourrai pas attendre à la gare routière, sache-le, hein. J'ai beaucoup de travail ce matin, il y a le conseil des ministres à neuf heures. Après cela, le travail pour moi ne s'arrête pas là. Comprends-tu ça ?
- Oui. Ne t'en fais pas.

Mahini n'attendit pas que son frère finisse de s'excuser à l'avance. Il fit chemin vers sa chambre. De toute façon, cela lui était égal. Il voulait partir, aller retrouver celle qui manquait à sa vie à Ouagadougou ; celle pour qui, il était prêt à tout. Il tenait à se sentir autrement dans sa vie future à ses côtés. Pour l'instant dans cette ville, il était loin de réaliser le quart de ce rêve protéiforme. Il alla, sortir son sac au salon. Déjà, une chose le préoccupait. La femme de son frère, celle-ci ne se lèverait pas de suite. Il ne pouvait pas partir sans lui dire au revoir. D'ailleurs, elle avait des colis à lui remettre. Dès son arrivée, la femme de son frère lui avait tenu informé à ce sujet. Alors, il tourna en rond. Il ne pouvait pas aller la réveiller. Son frère, lui, prenait son petit-déjeuner. La travailleuse familiale, elle, faisait sa vaisselle. Aucun des enfants n'était sur pied. Mahini tourna dans ses allers-retours de sa chambre au salon. Son frère finit son petit-déjeuner, retourna dans sa chambre, informa sa femme du départ de Mahini. Celle-ci se leva. Elle avait eu le pressentiment qu'il partirait, aussi, elle avait apprêté ses colis. Elle sortit les lui remettre, un à un en nommant les destinataires. Passé cet épisode, la voie était grandement ouverte pour le départ de Mahini. Il sortit mettre les effets dans la voiture et attendit la sortie de son frère. Il ne traîna plus, celui-ci sortit, sa femme vint lui dire au revoir, la travailleuse familiale ouvrit le portail du garage, ils sortirent en direction de la gare.

A la gare routière, ils arrivèrent à temps. Les passagers s'activaient. On chargea les effets, Mahini reçut l'enveloppe de son frère, sortit son sac, alla au guichet et revint avec un ticket. Son frère se rassura qu'il ait la place. Sans traînasser, ils se saluèrent, celui-ci continua son chemin. Mahini, pendant ce temps, donna ses effets à charger dans le coffre du car. Puis il fit un tour au marché d'à côté pour faire quelques achats. Son coffret à souvenirs de Ouagadougou. Il ne perdit pas du temps, il revint dès qu'il eut fini ses emplettes. Peu de temps après, l'on fit l'appel. Les passagers convergèrent vers le car. L'appel dura quelques dix minutes. Le chauffeur donna le signal du départ imminent avec son clackson. Le départ s'approcha. Mahini était là, son cœur battait de joie de retrouver sa bien-aimée. Elle qui lui manquait tant. Le car démarra ; le voyage dura six heures. Il pleuvait, la route était quasi-impraticable. Seize heures dans l'horloge de la cité Bankuy, le car s'immobilisa à la gare. Les charrettes envahirent la place. Les cris des apprentis montaient : Solenzo, Sanaba, Nouna, Toma etc. Mahini descendit, attendit qu'on décharge ses effets, prit son sac, le mit au dos. Les charretiers accoururent pour lui proposer leurs services. Il ne répondit pas à la sollicitation des charretiers qui voulaient transporter ses bagages. Il avait de l'énergie à revendre. Il embarqua son sac au dos. Un sac très lourd du fait des colis multiples composés de pagnes et bien d'autres choses destinés aux femmes de ses aînés du village. Ensuite, il prit le reste dans ses deux mains, poursuivit sa route. Au sortir de la gare, il marqua une pause, réajusta son sac, réfléchit sur le chemin à prendre. Il hésitait entre se rendre chez Dompihan, juste la voir lui sourire avant de continuer à la maison. Tout de suite, il balança du côté de ses sentiments. Ainsi, il se dirigea chez Dompihan. D'aucuns croyaient qu'il s'était égaré de son domicile. Non. Il savait très bien où il allait. Il était sous la guidance éclairée de son cœur. Son cœur balayait là où il mettait les pieds. Il en était bien rassuré et confiant. Il marcha une demi-heure environ. Il arriva chez Dompihan. Il rentra dans la cour, les gens s'étonnèrent. On le croyait égaré. Puis, ils se rendirent compte qu'il ne l'était point. Il venait d'un voyage, tous d'ailleurs le savaient en voyage. Mais qu'il vienne directement avec son sac chez Dompihan, cela sortait de l'ordinaire. Dompihan n'était pas là, elle était à la borne fontaine. L'on lui fit une place dans une maisonnette jouxtant la cuisine. Il y avait de la fraîcheur, du fait de la pluie. Mahini s'assit là, tout seul attendant le retour de Dompihan. Aussitôt, sa mère envoya sa sœurette l'informer à la borne fontaine de l'arrivée de Mahini. Sur place, Dompihan reçut les strictes consignes de sa mère. De l'intérieur, Mahini observa les mouvements des gens de la famille. Les chuchotements fusaient. Les rires mal contenus faisaient écho. Les coups d'œil furtifs pleuvaient sur lui à l'intérieur de la maison. C'était étrange tout ça. Lui qui connaissait si bien cette famille. Il était aussi connu de cette famille. Alors, qu'est-ce qu'il avait d'étrange en ce jour ? Il s'interrogea fortement sans trouver, bien sûr, de réponse à ses questionnements furent-ils pertinents. Néanmoins, il prit sa patience entre ses mains. Il le fallait d'ailleurs, parce qu'il y était pour ça. Mahini attendit, personne ne lui offrit de l'eau à boire. Il attendit l'arrivée de Dompihan. Au bout de trente minutes d'attente, de questionnements, Dompihan arriva avec une barrique d'eau. Elle posa la barrique, sa mère l'appela, lui parla. Ensuite, Dompihan rentra chez Mahini dans la maisonnette. Elle l'accueillit froidement, sans sourire, sans jubiler, sans douceur. Mahini s'égara un moment. Il ne croyait pas à ses yeux. Il n'y avait pas plus d'un mois, ils se voyaient plus de cinq fois dans la journée. Parfois, ils s'écrivaient des lettres pour boucler la journée. Maintenant qu'ils venaient de faire trois semaines sans se voir, cela laissait indifférente Dompihan. Ils échangèrent quelques mots. Mahini n'était plus sûr de Dompihan. Il ne savait pas ce qui s'était produit en son absence ; alors, il était ni plus ni moins prudent. Néanmoins, il sortit de son sac un trousseau de fournitures pour Dompihan. Elle jeta un coup d'œil dehors à sa mère, puis refusa le cadeau de Mahini. Il ne dit rien, sortit encore une tenue complète de sport, la tendit à Dompihan, elle jeta encore un coup d'œil dehors, refusa de la prendre. Mahini, un garçon très irascible, sortit de ses gongs. C'en était trop. Mahini insista. C'était bel et bien Dompihan qui lui avait fait la demande quand il voyageait. Pourquoi les refuser au moment où il venait les lui apporter ? Etrange ! L'attitude de Dompihan était, somme toute, incompréhensible.

- Que se passe-t-il Dompihan ?, demanda enfin Mahini visiblement hors de lui, les joues se gonflant de colère réelle.
- Rien. Rien.
- Tu ne cesses de regarder dehors ; tu refuses tout ce que je t'offre ; et il n'y a rien. C'est toi-même qui me l'avais demandé de te les emmener au retour de mon voyage. As-tu oublié tout ça en trois semaines ? Ou bien je ne compte plus pour toi ?
- Mahini, je vais être franche avec toi.
- Vas-y, je t'écoute. Ta franchise m'en sera peut-être une cure. Ta franchise ouvrira peut-être mes yeux. Ta franchise, si elle me sera un salut, sois franche ! Si elle m'enverra dans une détresse insurmontable, mens-moi ! Ne me dis donc rien ! Laisse-moi à ma soif ! Laisse-moi deviner la panne de mon cœur par moi-même. Je t'en conjure. Je suis venu pour nourrir mon cœur de ton sein d'amour. Je ne suis pas là, pour recevoir en retour les crachats de tes salives. Epargne-moi de ce mal profond !

Dompihan baissa la tête, le regard de Mahini se fit très menaçant. Il était piteux aussi. Elle prit un temps pour penser à tout ça. Mais il fallait bien qu'elle parlât de cette aventure avec Vini en son absence. Les yeux de sa mère étaient sur elle depuis l'extérieur ; ses oreilles étaient bien tendues pour écouter la confession définitive de sa fille. Quelque chose pesait sur ses épaules. Elle resta dominée, absente un moment. Le message de Mahini était comme un poison. Sa mère en était touchée également. Mais il fallait rompre sans lâcher du lest. Il fallait rompre, briser le mur construit, détruire l'espoir placé, mettre le feu à la maison des rêves d'un individu : Mahini. Il le fallait. Telle était la volonté de sa mère. Telle était la réponse disproportionnée de la haine longtemps gardée envers la mère de Mahini. Comme il le fallait, Dompihan après s'être nourrie de son remords, se décida à aller droit à sa confession, somme toute, assassinante.

- Mahini, j'ai été à la nuit récréative du village après ton départ.
- Quoi ? Toi, Dompihan au bal ! Avec qui ? Pourquoi ? Ton père t'y a autorisée ? Pourquoi pas à moi ? Pourquoi ?
- Sur le pourquoi, le avec qui, je te conseille de te renseigner avec Biè, ton ami de depuis toujours. Tu n'as jamais douté de sa loyauté envers toi. Vas le consulter ; il a été témoin de ce qui s'est passé là-bas.
- Non ! Je veux l'entendre de ta bouche. Ta bouche qui me parle en ce moment même.
- Je ne puis te le dire ni aujourd'hui, ni après. Renseigne-toi avec ton ami Biè. Bon, j'ai du travail, je te laisse.
- Dompihan, te rends-tu compte de ce que tu fais ?
- Bien sûr ! J'ai bonne conscience de ce que je fais.
- Adieu dans ce cas. Sache que tu n'en seras jamais la bienvenue même à ma messe de requiem. Adieu fille de Marie !

Dompihan s'arrêta, Mahini se leva, prit son sac, le mit au dos et sortit lourdement de la maisonnette. Les gens rameutés dans la cour le regardèrent partir. Il franchit lourdement le seuil de la porte, se retourna vers Dompihan, elle baissa la tête ; son père et sa mère également ne supportèrent pas le regard meurtri de Mahini. Il continua son chemin, rit au nez par les enfants du quartier. Eux qui assistèrent à cette infamie inoubliable. Il prit la route, envahi de questionnements. Qui pouvait être ce mec à même de lui piquer le cœur de Dompihan en trois semaines d'absence ? Il n'eut plus de dos pour tenir longtemps le poids de son sac. Il n'eut plus de bras pour tenir le reste jusqu'à la maison. Ses forces le lâchèrent. Il marqua des pauses intempestives en allant. Toujours, le cœur tout retourné, l'esprit pris en otage par une série de questions sans réponses. La pilule était amère. Il marcha nonchalamment faisant chemin à la maison, chez son frère aîné. Il arriva au bout d'une marche interminable. Le chemin était comme rallongé. Il crut que quelqu'un avait reculé le domicile de son frère. Quand il fit son entrée dans la cour, la famille était heureuse de son arrivée, lui, ne l'était pas. Il était malade de son arrivée ; il était malade de Dompihan. Son cœur était comme stoppé, il transpirait, soupirait. Il entreposa son sac, reçut néanmoins les saluts de bienvenue de son frère et de sa femme. Puis, il but de l'eau, donna les nouvelles de « *Ouagaville* » remit le colis de la femme, ses frais de scolarité à son frère, lui montra le trousseau de fournitures, rejoignit sa chambre. On posa le repas, il refusa de s'alimenter au prétexte qu'il eût mangé en route. Il n'eut pas l'appétit. Pas d'énergie pour mâcher la nourriture, pas d'estomac pour la tenir digeste. Tout, en lui, ne fonctionnait plus. Il s'assit insolite dans sa chambre. Au bout d'une heure, vers le crépuscule, il prit son sac, informa son frère qu'il allait au village. Celui-ci connaissant ses intérêts au village ne fit pas ombrage à cette requête. Mahini prit son vélo, il fallait qu'il retrouvât son ami Biè. Dompihan le lui avait conseillé. Il fallait qu'il sût avant la tombée de la nuit ce qui avait pu se passer entre cet inconnu et Dompihan, au point qu'elle ne veuille plus de lui. Trente minutes de course, Mahini arriva. Tout le monde était surpris de le voir. Aussi, la joie était immense, son retour était attendu par ses amis. Surtout Biè. Même si au vu de Mahini, Biè ne savait plus où mettre la tête. Il devra affronter un problème, la virée de Dompihan avec Vini, son cousin à lui. Alors, Biè essaya de mettre aux oubliettes ce qui s'était passé. Il ne savait pas que Mahini et Dompihan avaient déjà conversé à ce sujet. Mais les questions, somme toute, curieuses de Mahini se faisaient de plus en plus précises. Il abordait sans cesse le sujet. Il reparlait de cette soirée-là, quand il se trouvait à Ouagadougou imaginant Biè et les autres en train de se trémousser, surtout Dompihan qui se contorsionnait sur son lit, de chagrin dû à son absence. Biè prit du temps, ils allèrent au cœur du village. Ils burent. Biè était en quête de courage pour tout dire à son ami. Chose qui n'était pas aisée. Mais il devra s'y faire. La pression de Mahini se faisait sentir, Biè avait donc intérêt à tout révéler de peur de se faire prendre dans cet engrenage et de porter à la fin l'étiquette de complice. Cela s'avérait très gravissime. Entre Mahini et lui, le vent seul pouvait passer. Rien d'autre. Ils étaient des jumeaux de fait. Ils étaient saouls. L'heure du retour au ghetto sonna. Ils se retournèrent, le temps était propice pour se parler en toute sincérité comme à leur habitude. Aidé par l'alcool, Biè eut le courage de révéler l'identité de Vini à Mahini. Mahini savait que Vini était le cousin de Biè. Mais Biè n'était pas responsable de ses actes. D'ailleurs, Biè dit tout à Mahini sans ajouter, que Vini s'était couché avec Dompihan dans sa maisonnette abandonnée, en plein milieu du village. S'il lui révélait cela les choses auraient prises une autre dimension. Cela resta un secret ; Biè avait le souci de préserver leur amitié. Mahini plongea dans le chagrin, il souffrit. Sa colère était à chaque instant, plus vive. Il détestait du coup les femmes. Il décréta.

- Je ne parlerai plus à une fille de ma vie.

- Toutes les filles ne sont pas responsables de ce qu'a fait Dompihan. Réfléchis Mahini, répliqua Biè.
- Qu'est-ce que tu en sais ? Tu as déjà été trahi ?
- Non. Mais je pense que tu te trompes éperdument.
- Laisse les choses ainsi ! Veux-tu ?
- Je le veux bien. On tourne la page.
- Tourne celle qui t'appartient, la mienne avec Dompihan, ne sera pas tournée aussi facilement comme à la détente. Il appartiendra à l'histoire de la tourner elle-même, en y mettant ce qu'elle veut.
- Soit. Si tel est ton désir. Parlons d'autres choses beaucoup plus attachées à nos rêves, à nos projets de vie.
- Elle était mon rêve ; elle était mon projet de vie. Est-ce possible en ce moment ? Est-ce possible de rayer de mon cœur la trace que cette traîtrise a laissée là ? Je n'en suis pas très certain. Parce que chaque jour qui meurt, mon cœur reçoit des coups de poings d'une extrême barbarie quand je pense à elle et à ce qu'elle a pu oser me faire subir. J'étais certainement son idiot, son crétin qui buvait l'eau du marigot de ses mensonges de sainte et vierge. Qu'elle est démoniaque !
- Oui. Ça sera difficile, pénible mais possible.
- Dis-tu oui parce que ce n'est pas toi. Parce que ton cœur est indemne. Parce que ton cœur-amour n'est pas remué comme les eaux troubles du marigot sacré qu'on a profané. Parce que toi, tu aspires à la vie et moi je me mène vers la psychiatrie.
- Fermons cette page. Tu es fatigué, un sommeil te refera la mine.
- Je vois. Je dois m'en remettre au sommeil. Est-ce là le médicament ? Ou s'agit-il d'un calmant ? Dis-le-moi, ami !
- C'est les deux à la fois. Allons manger.
- Tu parles de manger. Je n'ai pas d'estomac pour digérer un quelconque aliment ; j'avais l'habitude de me nourrir d'amour ; je suis en crise alimentaire. Laisse-moi dans ma pénurie. Je ferai comme je puis ma grève de la faim d'amour. Va ! Alimente-toi ami ! Dis-leur ce qui te plaira pour ne pas sonner l'alarme partout. Je n'ai pas faim. J'ai besoin de me reposer. Va manger ! Ne paie pas à ma place ce que tu n'as pas fait ; ne subis pas mes peines ; ne souffre pas pour ce que tu n'as pas vécu. Laisse-moi dans mon sanctuaire d'amoureux déflaté.

Biè alla s'alimenter sans lui. Sa mère lui posa des questions au sujet de son ami, il ne répondit pas franchement. Dès que Biè eut fini, il rejoignit aussitôt Mahini. Il avait peur qu'il se fasse du mal. Il était sonné comme sur un ring. Ensemble, ils passèrent une nuit troublée. Mahini était tout agité dans son apparence de sommeil. Il délirait. Biè fut le seul témoin oculaire de ce malaise profond né de cette rupture de liens d'amour d'avec Dompihan. Le lendemain, Mahini présenta des séquelles. Il en était meurtri. Seulement, il s'efforça d'oublier en vain, cette traîtrise de Dompihan. Ne pouvant pas, il mit en application sa décision de ne plus parler aux filles. Il vécut ainsi deux ans durant, dans le souci de réparer les dégâts causés par cette première déconvenue d'amour. Il s'abstint deux années pleines. Personne ne le croyait capable. Lui qui était très chouchouté par la gent féminine. Très petit, les filles le traînaient partout là où elles allaient. La plupart de temps, malgré lui. Il plaisait aux filles, lui-même avait un vrai sens du dragueur. Il possédait les atouts, il avait en plus de cela la manie. Au bout du compte, au cours d'un voyage, à Sya, Mahini tomba sous le charme d'une fille, Léwa. Avec elle, sous les vents berçants du Houet, de Dafra son cœur reprit fonction. De nouveau, il reçut à prononcer des mots d'amour. De nouveau, il s'engagea à aimer. Même si, la vieille plaie était latente comme un volcan. Fidèle à lui-même, il le fit remarquer là aussi. Il écrivit un poème cette fois. Il testa sa capacité à parler d'amour. Au lieu d'une lettre, il le fit humblement mais poétiquement.

« Mes mots te sont-ils parvenus bien à propos ?
Je n'ai rien trouvé qu'un bouquet de mots
Pour te révéler cette flamme passive
Qui me calcine de l'intérieur sans trêve.
Ne prends donc pas ombrage de mes maladresses
Elles font partie du sirop de cette déclaration liminaire
Tire donc les oreilles aux mots inachevés
Peignent les cheveux aux mots fagotés
Lave ceux sales avec l'eau de ton pardon
Caresse ceux-là qui me ressemblent
J'ai voulu de la finesse pour te convier à rêver
Lâche du lest si des manquements impudiques
Participent à cette belle soirée de lecture
Tous ont leurs places dans le futur promis
Aux beaux rêves de nos nuitées bienheureuses

Cesse de pleurer tes regrets de cet appel
Venu peut-être trop tôt ou peut-être trop tard
Accorde miséricorde aux mots émissaires
Venus te dire la quintessence de mes soupirs
Que ça soit à l'aube ou au crépuscule
Sache que tous ces mots sont autochtones
C'est vrai... Sache que je t'aime ».

Ne voulant plus revivre le syndrome de sa rupture d'avec Dompihan, les choses allèrent très vite entre eux ; juste après la réponse par l'affirmative de Léwa, il décida de l'épouser. Ils n'eurent pas le temps nécessaire de se connaître. Pour Mahini, se connaître n'avait aucune importance. Parce qu'il avait essayé de connaître une femme. Il osait dire qu'il la connaissait. Il égrenait chaque jour le chapelet des qualités uniques de Dompihan ; il était peintre de sa toile ; il était le poète des qualificatifs hautement symbolistes de cette fille qu'il aimait à mourir. Il prétendait la connaître mieux qu'elle-même et ses géniteurs. Hélas, en fin de compte, il souffrait à présent le martyr de ses propres illusions. Léwa quant à elle, n'en demandait pas plus. Puisque tout ce que Mahini proposait lui collait à merveille. Elle n'eut rien à redire. Elle ne proposa même pas des réajustements. Les choses allèrent toutes seules. Tout de suite, ils se marièrent. Il était maintenant autonome financièrement. Il avait de quoi faire vivre une petite famille. Il vivait avec Léwa, la femme qui eut réussi à le sortir de sa retraite prématurée d'amour. Tout cela oublié, le passé semblait être mis sous le boisseau. Tout était à refaire. Mahini essaya de reconstruire les choses démolies en lui : les murs de son cœur qui s'étaient écroulés, les fenêtres arrachées par l'ouragan de la douleur, le plafond pourri par les eaux usées de la déception. Parce que les débris du passé étaient encore visibles. Les vestiges ornaient la grotte de son cœur. La frustration vécue donnait direction à sa façon de voir désormais la vie et l'homme au féminin. Mais de cette union de désespéré, ils eurent un enfant, un garçonnet qu'ils adoraient tant. Le rêve de nouveau, pouvait se tisser au fil du temps.

Chapitre II
La vérité ne meurt jamais

Dompihan était dans les bras de son mari. La vie pour eux allait à merveille. Le couple s'était solidifié par la venue au monde de leur premier fils, un garçonnet, portrait craché de Dompihan. Sa grand-mère donna le nom de Hébayi à l'enfant. Les parents, eux, lui donnèrent le prénom de Jean-Jacques. La vie allait bien. Les phares de l'avenir étaient allumés. Au rythme de la débrouille, la vie se menait sans plus. Parfois, de façon trop routinière même si Vini émargeait au budget de l'Etat. Très vite, les deux se rendirent compte que la vie du célibat différait de beaucoup de la vie en couple. Mais le poulet était déjà tué au nom de cette union. Il fallait l'assumer. Surtout bien l'assumer, au risque de faire la une des ragots dans les quartiers. En plus, le soutien de la mère de Dompihan était sans faille. Elle les rendait visite fréquemment. L'harmonie de ce couple qu'elle avait engendré la tenait trop à cœur. Si bien que le couple, par moments, se sentait étouffé. Il ne se passait rien sans que cela ne soit porté devant le tribunal présidé par la mère de Dompihan. Elle était le tout à la fois : conseillère conjugale, arbitre et protectrice. Cela la passionnait. Les années de vie pour elle allaient comme à reculons. Elle était infatigable vis-à-vis de ce couple qu'elle avait porté sur les fonds baptismaux. L'histoire de ce coupable touchait à un pan de sa vie. Elle le savait bien. Elle était l'actrice principale de cette œuvre. Elle en était les matériaux, le terreau, la cheville ouvrière de cet office conjugal, à elle, très cher. Le petit Jean-Jacques eut deux ans. Sa grande mère lui offrit comme présent un vélo. Son grand père, un passionné de foot, lui offrit un petit ballon. Ce deuxième anniversaire fut grandiose, tous frais supportés par sa grande mère. Personne ne comprit pourquoi un si gros budget pour célébrer un anniversaire qui selon la loi des âges et le cycle des ans était voué à un perpétuel recommencement. Ce fut une manière subtile pour la mère de Dompihan de fêter sa victoire sur son époux, Mahini et par ricochet sur la mère à ce dernier. Cette femme que son mari avait préférée à elle. C'était là, une belle revanche qui ne disait pas son nom. Seules deux personnes étaient vraiment dans le coup. La mère de Dompihan et son marabout. L'homme qu'elle présenta à sa famille comme son frère, né de l'autre côté du fleuve Mouhoun. Parce que son oncle se serait déplacé pour s'y installer, il y avait de cela belle lurette. Belles couleuvres qu'elle fit avaler à tous, y compris son mari. Ce drôle de paroissien, le marabout, lui aussi excella dans son rôle. Il ne laissa pas apparaître le moindre soupçon, sur son statut. Puisque pour l'occasion, il mit de côté son arsenal de prestations. Il se mit à la hauteur de l'événement. Même si, le singe dans la maison, grimpera sur les meubles. Son accoutrement était du type traditionnel. Tout le monde croyait au style de bwa bien enracinés dans la culture bwa. Son chapeau était du type réservé aux grandioses événements dans les villages. Tout cela contribua énormément à égarer tous. D'ailleurs, personne ne prêtait attention à lui. Tous les esprits étaient réquisitionnés par la fête. Pas question de se tarabuster avec des interrogations qui pourraient causer des migraines. La fête battit son plein, les gens dansèrent jusqu'aux premières larmes de l'aube. Le marabout prit congé d'eux. Il n'avait besoin de personne pour rentrer. Aussi, la présence de son pseudo beau-frère, le père de Dompihan, n'était pas nécessaire. Celle de sa femme, sa cliente et l'actrice principale de cet événement suffisait. D'ailleurs, à l'heure où le marabout partait, le père de Dompihan dormait. Il n'eut pas pu accompagner les réveillonneurs dans leur aventure festive. Il avait de bien meilleures raisons, son âge. Il ne voyait pas l'intérêt de cette fête grandiose pendant une période de vaches maigres pour lui. Il n'était donc pas mû par les mêmes intérêts. S'il avait les coudées franches, cette fête ne se passerait aucunement. Cet argent le servirait à résoudre quelques problèmes avant l'arrivée de sa pension. Il devrait attendre deux semaines encore avant d'entrer en possession de cette pension. Alors, il se retira à temps pour regagner son lit. Sa femme, ayant beaucoup plus de fraîcheur d'âge que lui et héroïne d'une soirée, boucla la boucle avec les convives. Le jour s'était fait plus précis, la cour se vida. Chacun regagna sa loge. Et bien, à l'organisatrice à l'année prochaine pour un autre numéro. La fête passa. Bien de défis étaient en face. Chacun s'y mettait pour les relever. Dompihan eut besoin comme par prémonition de revisiter son passé. Elle avait une quantité de lettres où se trouvait enfoui ce passé. Son passé manqué avec Mahini. Ces lettres étaient restées chez elle. Elle ne voulait pas les emporter avec elle chez son mari. Donc en lieu sûr, elles les avaient posées à la maison, dans un carton. Ce carton contenait ses secrets de vie, son passé et ses souvenirs. Elle vint un matin dominical chez elle. Sa mère était à la messe. Son père lui était absent. Elle se retira dans la chambre où était déposé le carton de souvenirs, là où se trouvaient ses lettres. Les lettres d'amour à elle. Le film extraordinaire de leurs sentiments réciproques d'avant son mariage avec Vini. Dompihan se posa sur un vieux tabouret, mit le paquet de lettres devant elle, se mit à lire. Elle avait un tas de choses à remémorer. Une pile de choses à regretter. Elle avait pris la décision de consacrer sa matinée à cela. Pour plus de sécurité, elle s'enferma dans la chambre. Une façon d'éviter les surprises désagréables. Confortablement installée, elle se mit à bouquiner les lettres de Mahini. L'émotion était grande. Quelques larmes se mêlèrent à la chose. Pas à pas, Dompihan revit le pan oublié de la vie qu'ils avaient tracé ensemble avec Mahini. Elle revit les projets de vie, les ambitions communes et le tableau des perspectives ébauchées au compte des années de leur vie. Dompihan sombra dans le remords. Seulement elle était résolue à aller jusqu'au bout. Elle poursuivit néanmoins sa lecture. Au fil du temps, au moment où la lecture devenait lassante, Dompihan découvrit une lettre insolite parmi les siennes. Cette lettre écrite par Vini, son mari, était adressée à sa mère. Elle réfléchit par deux temps, puis se résolut à la lire. Elle l'ouvrit et lut. Dans la lettre, Vini, son mari actuel, répondait à l'invite de sa mère à épouser sa fille. Pour disait-elle l'épargner du syndrome du fils de la femme que son mari avait préférée à elle. La réponse de Vini était favorable. Il acceptait pour disait-il, participer à la victoire de sa sœur sur le fils de cette rivale dont le souvenir hantait toujours. Elle empocha la lettre, suspendit sa lecture, remit de l'ordre dans les effets et la chambre. Personne ne pouvait soupçonner quoi que ce soit. Les indices étaient effacés avec beaucoup de soins. Elle n'attendit pas le retour de sa mère avant de partir. Dompihan repartit dès que son père mit les pieds dans la cour. Elle avait besoin de réfléchir à tout ça. Elle avait besoin de creuser dans le sillon qu'elle venait de découvrir pour mieux comprendre un amas de choses. A la maison, une fois arrivée, elle relut la lettre. Vini, son mari, était absent. Elle eut le temps de bien décrypter cette lettre dans les moindres détails. Là, elle eut clairement la meilleure compréhension de la lettre de Vini adressée à sa mère. C'était bien avant leur mariage, bien avant qu'il ne soit son mari. C'était là, la toile de fond de l'histoire de leur couple. Sûre de ce qu'elle venait de découvrir, elle alla la cacher comme un précieux trésor. Elle avait à sa possession la première pièce manquante du puzzle de cette histoire d'amour avec Vini. Aussi, une pièce à conviction, de l'histoire de sa rupture inextricable avec Mahini. Elle se lança dans les recherches à ce sujet. Et ce, à l'insu de sa mère, de Vini son mari et de son propre père. Désormais, elle faisait équipe seule. Il s'agissait là d'une histoire la concernant. Le livre de son histoire d'amour méritait d'être écrit. Elle était sur ce chemin pour ressusciter les faits, les faire revivre afin de connaître la vérité sur elle-même, sur sa vie, son mariage avec Vini et ses mésaventures avec Mahini, l'homme à qui, elle avait le plus eu foi. Elle se rendit au village. Sa grande mère paternelle y était. Celle-là devrait en savoir beaucoup sur l'histoire de son père. Sa vie d'avant maintenant, ses relations avec les femmes. Très aimée par sa grande mère, parce qu'étant la première fille de son père après trois garçons ses aînés, Dompihan savait pouvoir compter avec elle. Elle alla la trouver assise dans sa cour, sur un vieux tabouret à pieds. A côté d'elle se trouvait un vieux mortier. Juste derrière elle, était posée une marmite en terre cuite. Aux pieds de son jardin se vautraient des poules dans l'argile humide ; juste à l'extrême, le bêlement des chevreaux faisait écho. Dompihan alla droit dans les bras de sa grande mère, assise sur un tabouret, le pagne en cotonnade traînant par terre. Puis, elle alla prendre son tabouret et vint s'asseoir à l'ombre de sa grande mère ; elle était porteuse des nouvelles de la famille ; elle le devait à sa grande mère ; elle qui n'avait plus mit pieds en ville depuis bientôt six ans pour les rendre visite. La ville ne l'attirait pas. Surtout qu'elle ne comprenait pas le mode de vie de ces citadins. Elle était attachée à la campagne. Avec elle, elle avait moult affinités. Elle se sentait vivre en campagne. En ville, elle ne dépassait pas une semaine sans tomber malade. Alors, elle n'aimait pas aller à la rencontre de la maladie.

- Comment va ton père ?, demanda enfin sa grand-mère.
- Bien. Il te salue cordialement.
- Et ta mère ? Elle s'est remise de sa maladie ?
- Oui. Elle est encore grippée quand je prenais la route ce matin.
- Et ton mari, Vini, comment va-t-il ?
- Vini va bien.
- Et ton fils ? Il doit avoir beaucoup grandi.
- Jean-Jacques se porte à merveille.
- Que tu as beaucoup changé !
- C'est la maternité grand-mère.
- Eh oui ! La maternité, c'est ça le sort imparable des femmes maternées. Raconte-moi pourquoi tu es là.
- Rien de gravissime grand-mère. C'est juste une visite de la petite fille à sa grand-mère. Voilà tout.
- Merci Dompihan. Tu es adorable. Ta grand-mère est fatiguée de la vie. Chaque jour qui passe me rapproche de notre séparation. Hélas ! Bref, parlons de choses plus gaies. Tu en as besoin.

Au cours des échanges, Dompihan réussit à ouvrir le livre d'histoire de son père. Sa grand-mère aimait parler de son fils, le seul après sept filles.

- Grand-mère, je peux te poser une question ?
- Vas-y ! Pose-moi des questions pendant qu'il est encore temps.

Dompihan se leva, alla voir la marmite au feu. Arrivée, elle l'ouvrit, renifla la bonne odeur de la sauce, y ajouta de l'eau pour parachever le reste de la cuisson. Ensuite, elle alla au puits, puisa de l'eau et revint arroser le petit jardin de sa très chère grand-mère. Puis revint s'asseoir auprès d'elle comme pour achever sa tétée. Elle fixa sa grand-mère, laissa écouler une petite seconde, renoua le dialogue avec une question qui était la visée inavouée de sa visite.

- Est-ce que mon père a eu deux femmes dans sa vie, grand-mère ?
- Non ! Non !

Là-dessus, la réponse de sa grande mère fut franchement non. Une réponse laconique mais ferme. Son fils n'avait jamais été polygame. Cette réponse s'accompagna d'un sourire de sa grand-mère. Dompihan se mordit les dents. Elle ne savait plus comment relancer sa question, sans laisser apparaître des soupçons qu'elle farfouille dans les affaires intérieures de son père. Si cela venait à se savoir, elle perdrait le soutien de sa très chère grand-mère. Un silence intervint entre elles. Sa grand-mère réfléchissait à quelque chose. Passé la minute, elle revint vers Dompihan et dit en arborant son sourire propre à une bouche édentée.

- Ton père n'a jamais été polygame. Mais il a aimé une femme qu'il n'est pas prêt d'oublier, malgré son âge, malgré le temps écoulé.
- Une femme, autre que ma mère, grand-mère ?
- Oui. Une femme, autre que ta mère, une très belle femme.
- Où est-elle ? Vit-elle ?
- Elle vit, mariée dans le village de Kopara, non loin d'ici, à quelques minutes de marche.

La grand-mère marqua une pause encore, se mit à réfléchir aux détails qu'elle voulait ajouter au récit pour faire plaisir à la curiosité de sa petite fille bien-aimée. Dompihan s'impatienta. Elle crut que c'était là la fin de cette histoire qui la laisserait sur des charbons ardents. Elle avait envie que sa grand-mère poursuive l'histoire. Elle voulait tout savoir dans les détails. Mais elle ne devait pas brusquer sa grand-mère. Il fallait la laisser agir à sa guise. Après un court arrêt, sa grand-mère poursuivit son récit, très à l'aise, avec un peu de remords dans le rythme de son souffle.

> - Cette femme a marqué la vie de ton père, malheureusement leur mariage n'a pas eu lieu.
> - A qui la faute, grand-mère ?
> - Personne. Ce sont les circonstances de la vie.
> - Les circonstances de la vie ?
> - Oui. Ces choses dont nous ne sommes pas maîtres, ces choses qui s'imposent à nous.
> - C'était quoi à cette époque-là, grand-mère ?
> - Il y avait les études de ton père. En plus, l'absence de la fille au moment où ton père était prêt pour l'épouser.
> - Où était-elle ?
> - Elle était partie avec son père enrôlé dans l'armée coloniale de force. Bien entendu avec sa mère avec qui elle avait tout en commun.

Sa grand-mère interrompit encore son récit. Elle baissa la tête. En elle, se lisait le regret, la douleur profonde. Elle semblait être meurtrie par ce manquement de l'histoire. Le non-lieu de cet événement. Elle y tenait. Cela se laissait interpréter sur son visage. Elle soupirait, c'était profond, difficile à saisir par un récit laconique.

> - Il l'aurait fallu ce mariage, lâcha-t-elle enfin.
> - Il l'aurait fallu, grand-mère ?, demanda Dompihan.
> - Oui. C'était le vœu de ton grand-père. C'était aussi mon souhait le plus ardent.
> - Mais l'histoire a voulu que ça soit ma mère n'est-ce pas ?
> - Les choses ont tourné en faveur de ta mère comme tu le dis.
> - Pourquoi dis-tu, grand-mère, que les choses ont tourné en faveur de ma mère ?
> - En l'absence de cette fille, ton père se maria avec ta mère. Peu de temps après, cette fille est revenue. Son père admis à la retraite était de retour avec sa famille au village.

- Et que s'est-il passé exactement ?
- Ton père a voulu divorcer avec ta mère pour l'épouser. Ce fut une bataille sans répit.
- La femme voulait toujours de mon père ?
- Oui. Même aujourd'hui, malgré les années, le temps, si on leur demandait est-ce qu'ils s'aiment encore, ils répondraient oui. J'en suis persuadée à jamais.
- C'était si fort que ça ?
- A tout prendre, oui. Figure-toi que cela avait provoqué en son temps une crise sociale. Les parents de ta mère se sont mobilisés comme un seul homme pour contrecarrer ce mariage. Ton père était le premier fonctionnaire du village. Chaque famille voulait lui offrir une fille de leur lignée. Cela marqua ton père à vie.
- Il ne guérira donc plus ?
- On ne guérit jamais de ces genres de choses. C'est une blessure intérieure. On vit avec ; on meurt avec.

Dompihan comprit combien cette histoire était sérieuse. Son évocation, même après des années, choquait toujours. L'attitude de sa grand-mère le prouvait. Elle faisait partie du camp des perdants. Son opinion l'attestait, ses remords corroboraient à quel point la bataille eut été sans merci. Mais cela justifiait-il cette haine de sa mère à l'égard de Mahini ? L'homme qu'elle aussi avait choisi d'aimer envers et contre tout. C'était bien étrange et complexe à dénouer. Alors que faire ? Il fallait se calmer, être discrète. Dompihan opta sans ambages pour cette stratégie. La discrétion, la patience. Elle marcha nuit et jour, discrètement, sur les pistes de l'histoire de son mariage avec Vini. Peut-être qu'elle trouverait une explication à sa séparation avec Mahini. La piste qu'elle avait empruntée, l'encourageait à s'y consacrer. Ce sujet devint très passionnant pour elle. Elle s'employait, se défonçait. Elle s'évertuait à glaner des monceaux d'informations pour reconstituer les pièces manquantes du puzzle. Elle taquinait son mari sans succès. Poursuivant ses enquêtes en la manière d'un détective, elle découvrit avec un peu de chance et de hasard, un pan infalsifiable de l'histoire de son mariage avec Vini, son oncle-mari. Elle se rendit un matin chez sa belle-sœur-tante, l'aînée de Vini. Elle était seule. Le petit Jean-Jacques, son fils, était entre les bras tendres de la travailleuse familiale. Les deux s'entendaient à merveille. Zamahan, la travailleuse familiale, était très sérieuse dans l'accomplissement de sa tâche de baby Garden. Très vite, elle sut conquérir la confiance du petit Jean Jacques. Dompihan n'éprouvait donc pas de difficultés pour se séparer de son fils quand il le fallait. Elle avait une représentante digne à son absence. A l'entrée de la cour, elle ne vit personne. Etonnée, mais ne l'exprima pas. Elle avança à pas feutrés. Un peu plus près, elle entendit des voix. Elle écrasa le bruit de ses pas, coupa son souffle par moment. Elle entendit, Gnihan, l'aînée de Vini, en pleines confidences avec son mari.

> - Je vais au village avec Vini, je veux que tu en sois informé.
> - Pourquoi faire ? Nous étions chez toi, il y a un peu moins de deux semaines.
> - J'accompagne Vini, mon petit frère, pour des sacrifices.
> - Des sacrifices ! Quels sacrifices ?
> - Eh ! Eh ! Calme-toi ! Il ne s'agit pas de moi. Je n'en ai pas besoin avec toi.
> - Cela a commencé quand avec Vini ? Lui que je rencontre, à l'église comme s'il y travaillait. Il est d'ailleurs le responsable de l'association des fonctionnaires de la communauté chrétienne.
> - C'est une longue histoire. Il l'avait fait pour pouvoir épouser Dompihan, parce que sa mère le lui avait fermement recommandé. Ne sachant comment arracher Dompihan des mains du jeune Mahini dont elle était follement amoureuse, il alla solliciter le concours des dieux au village.
> - Cela a marché, il retourne payer sa dette, n'est-ce pas ?
> - En vérité, oui.

Aussitôt cette phrase entendue, Dompihan ressortit à reculons. Elle continua tête baissée au marché. Elle ne savait quelle direction prendre. Elle était troublée, choquée. Elle ressassait des choses inaudibles, puisque le monde l'observait. Elle pouvait se faire passer pour une folle tout de suite. Elle grommela en marchant. Au marché, elle n'acheta rien. Elle fit simplement un détour, question de bien réfléchir aux propos qu'elle venait d'entendre. Quelque temps après, l'idée lui vint d'aller retrouver son mari à la maison avant qu'il ne parte. Peut-être qu'elle aurait quelques brides de mensonges, lui de son côté. Elle repartit à la maison. Quand elle arrivait Vini sortait. Elle ne paniqua pas. Elle fit mine de rien. Vini continua sa route en direction du domicile de sa sœur. Au bout d'un quart d'heure, Vini revint à la maison en compagnie de sa sœur Gnihan. Les deux entrèrent dans la maison, Vini poursuivit son chemin dans sa chambre comme s'il cherchait un trésor caché, puis ressortit. Au salon, il s'arrêta. Il tourna sur lui-même. Il cherchait le mobile à donner à sa femme avant de partir. Vini n'arrivait pas. Tout de suite, sa sœur vola à son secours.

    - Dompihan, j'ai demandé à Vini de m'accompagner au village.
    - Ah oui ! J'oubliais. Nous allons voir la grand-mère. Il paraît qu'elle va de mal en pis.

Le regard de Dompihan traduisait toute sa curiosité de voir Vini, son mari, lui mentir sans vergogne.

    - Pourquoi m'as-tu rien dit depuis, Vini ?
    - Excuse-moi, c'est un oubli.
    - J'espère que ta grand-mère ne m'en voudra pas ?
    - Pas du tout, d'ailleurs, elle s'en remettra, je t'apporterai de ses nouvelles au retour.
    - Sois prudent, tu vois que Gnihan est toujours convalescente. Toi qui aimes la vitesse.
    - Merci Dompihan ! Je ne le laisserai pas faire de la vitesse.
    - Allez ! On y va Gnihan, dit Vini à sa sœur aînée.
    - Transmettez mes souhaits de prompte guérison à votre grand-mère, dit Dompihan.

Les voyageurs étaient déjà devant la porte. Elle les suivit jusqu'au seuil du portique. Elle les vit démarrer avant de retourner à ses corvées familiales. Elle était abattue de savoir tout cela. Tout de suite, elle rentra se coucher. Zamahan dut terminer le reste de la vaisselle. Dompihan pleurait, son fils Jean-Jacques, vint la voir.

    - Maman, tu pleures ? Tu es malade, maman ?
    - Non, je vais bien, Jean-Jacques. Et puis, je ne pleure pas. J'étais en train d'ôter un brin de sable de mon œil, tu vois.
    - Ça fait mal, maman ?
    - Un peu mal, mais ne t'inquiète pas, tout va bien maintenant. Va chez Zamahan. Dis-lui de t'emmener jouer, d'accord ?
    - Oui Maman.

Elle ne sut quoi dire à son fils. Pour l'essentiel, elle réussit à le divertir. Celui-ci ne dira rien à son père ; ôter un brin de sable dans l'œil, ça se passait tous les jours avec Jean-Jacques lui-même. Zamahan sortit avec Jean-Jacques. Dompihan, pleura franchement. Puis, se leva et prépara son repas. Elle était plus convaincue qu'elle avait été envoûtée. C'était là l'explication. Elle était dans les chaînes, tout ce que disait Vini à l'époque était avalé et digéré sans plus. Elle approuvait tout. Elle ne résistait à aucun désir. Elle partageait d'office ses avis. Sa voix était la sienne, ses pensées ses pensées. Elle se résigna à poursuivre ses investigations. Elle était plus que convaincue à l'idée que bien de choses restaient à savoir sur leur courte histoire d'amour avec Vini. Histoire qui la mit dans les mains de Vini comme un trophée mérité. Le soir Vini revint. Rien ne filtra de son voyage au village. Il était d'humeur ravie. Il porta les salutations des gens du village à Dompihan. Aussi, Dompihan eut l'assurance que la malade était hors de danger. Auquel cas, Vini le savait, elle s'y rendrait pour rendre visite à la malade. Il fallait faire court. Effacer les traces de cette journée. Dompihan jouait l'étourdie. Elle avala tout ce qui était dit, ne prêta pas attention, à la gêne de Vini quand il parlait de certaines choses. Dompihan joua bien le jeu, Vini et Zamahan aussi. Sauf que, tout était inventé. Tout s'apparentait à un mensonge en béton. Cet enchaînement qui avait été la solution idéale pour conquérir le cœur de Dompihan et l'épargner du syndrome de Mahini. Les choses restèrent ainsi. Dompihan ne laissa pas transparaître quoi que ce soit. Tout allait bien. La vie du couple suivait sa pente quotidienne. Mais jusqu'à quand ? C'était là, la grosse interrogation devant l'histoire. Le comble alors se produisit comme par miracle. Dompihan allait au marché, sur son chemin, elle croisa un individu qui, au loin, essaya de l'arrêter. Elle paniqua, par la suite, se ressaisit ; ce fut en plein jour. Il y avait plein de monde sur la route. Elle ralentit, l'homme avait même barré le passage. Au même niveau que le vieil homme, Dompihan freina net, et descendit.

- Bonjour, Monsieur, salua Dompihan.
- Bonjour, ma fille, répondit le vieil homme tout en sourire. Me reconnais-tu ma fille ?
- Non, à moins que vous vous présentiez.
- Tu as raison de ne pas me connaître. Ta mère, elle me connaît, même si elle n'est pas reconnaissante.
- Pourquoi dites-vous cela au sujet de ma mère ?

- Ma fille, je l'ai aidée à te trouver un bon mari, l'homme chez qui tu es.
- Vous l'avez fait sur la demande de ma mère ?
- Bien sûr ! Je ne te connaissais pas, pourquoi je me mettrais à travailler pour quelqu'un comme ça.
- D'après ce que vous dites, ma mère vous doit, n'est-ce pas ?
- Oui. Elle doit à ceux qui ont travaillé pour elle. Pas moi en tant qu'individu devant toi.
- Combien doit-elle ?
- Un bélier et cent mille francs.
- Ah ! Je le lui dirai ; elle s'exécutera.
- En tout cas, pour la durabilité de ton mariage, il faut qu'elle s'exécute et à bonne date.
- Merci.
- Salue ta mère de ma part.
- Que dois-je dire si elle me demandait votre nom ?
- Je suis Damu, le marabout soleil.

Dompihan sortit mille francs de son sac à main, le remit au vieil homme, avec beaucoup d'égard. Le marabout soleil sourit. Il pensa que Dompihan était très heureuse d'apprendre tout cela. Au contraire, cela la mit hors d'elle-même. Tout ceci était la preuve qu'elle était abêtie. Elle épousa Vini sans aucune clairvoyance, à la limite sans consentement. Puisque tout ceci le poussa à obéir aux desiderata de Vini et de sa mère. Cette fois-ci, Dompihan en avait assez de découvrir des sales histoires sur son mariage. Elle ne comprenait rien. Tantôt c'était son mari, tantôt c'était sa mère, maintenant intervint le marabout soleil. Si elle était heureuse avec Vini, tout ceci n'aurait peut-être aucune importance. Mais c'était loin d'être le cas. Le fantôme de son passé d'avec Mahini la poursuivait. Elle n'était plus sereine dans sa tête. Le mal devint intérieur et rongeur puisqu'elle devra attendre de reconstituer le puzzle complet de cette histoire. Mais fallait-il qu'elle sût combien d'éléments manquants, il en restait. La première manifestation de son ras-le-bol fut le recul unilatéral de la date de conception de son second enfant en fonction de l'agenda d'enfantement qu'ils avaient minutieusement élaboré à deux. Vini, son mari protesta. Dompihan resta ferme. Tout de suite, Vini porta le problème à la connaissance de la mère de Dompihan, sa grande sœur à lui, son complice en plus. La mère de Dompihan essaya de jouer les arbitres. Cette fois, Dompihan s'opposa ouvertement à sa mère. Elle critiqua sa mère, dénonça son ingérence dans les affaires de leur couple. Ils étaient majeurs, à même de discuter des problèmes liés à leur vie commune. C'en était trop ; cela n'arrivera plus. Dompihan, curieusement eut le soutien ferme de son père. Pour une première fois, celui-ci, ouvrit la bouche. Lui qui ne disait rien à ce sujet ; à la limite, il quittait les lieux dès que le sujet était mis sur le tapis. A deux, ils réussirent à faire entendre raison à la mère de Dompihan. Vini même finit par se rallier à Dompihan et à son père. Désormais, il fallait qu'elle s'y fît. C'en était trop.

Chapitre III
La fête de Lombo

La fête de Lombo, c'était un événement grandeur nature. Il rameutait tous les fils du même terreau culturel à l'échelle village. Dompihan et Mahini étaient liés par ce même cordon ombilical. Même s'ils ne relevaient pas des mêmes ancêtres tutélaires directs. A l'aube de cette rencontre ô combien cruciale pour tous ceux qui avaient un attachement à Lombo, Mahini arriva. Plus tard, les bruits couraient que Dompihan aussi était là. Puisque depuis, son mariage, disons depuis qu'elle rompit la promesse de mariage d'avec Mahini, elle n'avait plus mis les pieds au village. Cette fois, elle venait affronter les regards ; elle venait dire à quel point, elle avait été prise dans l'engrenage dressé par sa mère sur leur chemin. Eh oui ! Dompihan en avait la conscience soulagée d'avoir sous la main cette vérité. En plus des deux, bien d'autres confrères étaient là. Le village, du coup, prit un air de fête. En fait, c'en était ainsi. C'était la fête. Les retrouvailles étaient légion. La joie donc était immense sur les lèvres. Presque chaque famille avait un étranger venu pour la circonstance. Les nouvelles couraient vite. Alors, très vite Dompihan apprit aussi que Mahini était là. Quelle n'était pas sa joie ! Elle y avait rêvé. Elle avait croisé les doigts pour cela. Ce fut sa deuxième raison singulière de faire le voyage du village. La fatigue aidant, ni Mahini ni Dompihan ne mirent les pieds dehors. Ils restaient sur place en famille. Ce fut le moment de soulager les cœurs des siens perdus de vue il y avait bien trop longtemps. La nuit fut sans répit. Elle s'apparentait à une veillée. Chacun dut forcer la main aux siens pour bénéficier de quelques heures de sommeil réparateur. Peu avant l'aube, les tambours sonnaient le réveil. Le village entier se mit sur les pieds d'un seul coup. Chacun devrait être prêt d'ici là. Le soleil était déjà au galop. Les minutes s'égrenaient. Les femmes vaguèrent rapidement à leurs besognes. Les coups de pilons faisaient écho çà et là. Les *hinzaa* (filles) se regroupaient au bord des puits ; les moulins furent envahis ; les petits marchés foisonnaient de friandises. Ici et là, on acheta du sel, du soumbala, du tamarin, du poisson ou de la viande, d'autres tuaient des poulets pour leurs étrangers. C'était en fonction de la poche de chacun. Le village avait fière allure. Chacun se sentit renaître. Les cœurs étaient grands d'enchantement. L'événement était d'importance incomparable pour les habitants. Il y avait bien des années que chacun attendait ce jour. Le soleil s'élevait sûrement. Les heures couraient. Les femmes s'attelaient à leurs tâches, les hommes aux siennes. Ici, chacun avait sa part, homme comme femme, jeune comme vieux. Aucun retard ne devrait être constaté. Aucune absence ne réjouirait les absents sauf cas de maladie. Les invalides étaient convoyés par charrette, par vélo et le reste. C'était selon pour chacun. A l'heure indiquée, dix heures, tout le village convergea vers un seul lieu : le site des adorations. Chacun avait ses offrandes soit en main, soit derrière lui sur le vélo de son fils. Chacun savait quoi demander. Chacun avait son projet au fond du cœur. Chacun voulait ce qui le mobilisait. Massivement, les gens arrivèrent sur le site. Les notables y étaient par avance. Personne, ne devrait y être avant eux. Ils avaient des choses préliminaires à faire avant l'arrivée de la masse. Ce jour, le village avait tu ses différends ; étaient oubliées les petites querelles d'intérêts particuliers. Le village s'appelait un seul homme. Chacun était chef et sujet le temps d'une matinée. La cérémonie débuta. L'euphorie se calma. Les choses sérieuses commencèrent. La distraction pouvait attendre son heure. Ponctuée de rituels d'exorcisme, d'intronisation des novices, de prières, d'offrandes pour tous les bienfaits reçus, la cérémonie déroula son ruban jusqu'au bout. Aucune fausse note ne fut enregistrée. Les humeurs devinrent enchanteresses. La joie des notables était totale. On se félicita de la réussite d'une telle cérémonie. Ils avaient tous en mémoire tristement la précédente cérémonie. A cette occasion, des individus impurs s'étaient présentés au lieu. Pis, ils avaient omis sciemment des détails sur leurs actes. Par conséquent, la cérémonie avait duré toute une nuit. Ce fut au petit matin, que l'un d'eux, par réminiscence avoua son forfait. Ce fut le grand ouf de soulagement. Mais cette fois-ci, les cœurs étaient purs. Les pensées avaient grandi en eux. Ainsi, la fête prit son envol. Les tambours résonnaient. Les chants collectifs des femmes s'élevaient pour faire allégeance à Lombo. Ce fut le moment le plus nostalgique. Les temps les plus aimés de ce jour. Ce fut là les heures les plus agréables de la partie. On rigola çà et là. On chantonna en marchant. Les retrouvailles se firent maintenant. On se souhaita ici et là la bienvenue. On échangea ; on prit des contacts ; on s'égaya tout court. Dompihan et Mahini se retrouvèrent à cette occasion-là. L'aubaine était parfaite. Ils firent table rase sur leur différend. Ils enterrèrent leur animosité vieille d'une belle décennie. Il fallait absolument qu'ils se parlassent. Dompihan en était la plus engagée dans ce combat. Elle avait par devers elle une batterie d'informations à livrer à Mahini en guise d'excuses. Elle tenait à se refaire une image. Tout le village ne la portait plus dans le cœur. La rupture avec Mahini en était l'origine.

Alors, elle tenait à cette occasion-là, à ce que la vérité s'illuminât. Elle y tenait mordicus. Elle le faisait à ses risques et péril. Peu importe ! La révolte était bien plus grande. Dompihan se battait pour avoir l'opportunité d'échanger avec Mahini. Elle fendit la foule en direction de ce dernier. Mahini était en tête à tête avec un de ses amis d'enfance. Ils s'étaient perdus de vue. Peut-être avaient-ils simplement des contacts téléphoniques, nul ne pouvait l'affirmer, mis à part eux-mêmes. L'arrivée de Dompihan interrompit leur échange. Sur consensus, ils remirent leur causette d'amis d'enfance à plus tard, ce qui permit à Mahini de tendre l'oreille à Dompihan. Très malaisée de parler à Mahini devant un grand public trop curieux et mécontent d'elle, elle l'invita de côté. Bien sûr, sous des regards furtifs de quelques curieux, encore en rage contre Dompihan, leur consœur tout de même. En aparté, aux pieds du kapokier gigantesque où ils s'étaient retirés pour converser en vue d'aplanir leur différend selon le vœu de Dompihan, ils se rendirent vite compte que ni le temps, ni leurs mariages respectifs, n'avaient réussi à affaiblir le lien fort qui les unissait par le passé. Le ciment était là. Du coup, les cœurs battirent spontanément. On dirait qu'ils étaient nés pour s'aimer. Quel magnétisme les rapprochait l'un vers l'autre dès qu'ils se voyaient ? Ils ne pouvaient se l'expliquer. Hésitants, indécis et prudemment, ils abordaient les généralités à leur propre sujet de façon respective. Ce fut alors, le boulot, les amis, la famille et la santé. Et point. Ils se mirent à soupirer fortement. C'était incroyable ! Ils ne croyaient pas à leurs yeux, le fait de se parler. Pour Mahini, c'était chose impossible depuis l'événement très bouleversant : la traîtrise de Dompihan. Ils gravitèrent autour du point névralgique. Ils échangèrent durant ce trou de silence quelques sourires. Tout de suite, ils retrouvèrent chacun leur habitude d'ado amoureux. L'environnement les y obligeait. Le temps qui soufflait les y poussait et les cœurs, eux, jouaient les prudes. Ils se détournaient des regards très expressifs des gens. Ils avaient vécu très douloureusement leur séparation. Un court moment, ils se bloquèrent dans leurs échanges. Ils avaient épuisé les généralités. Ils avaient passé en revue les faits divers. Ils avaient beaucoup ri. Ils eurent même à faire quelques gloses sur l'événement qui les réunissaient au village à pareil temps. Sans plus. Ce sujet était clos. Ils avaient tout fait sauf se parler. Le plus important était resté en suspens. Ils usaient de détours. Ils tergiversaient délibérément. Ils rallongeaient le temps, pour rien. Peut-être, ils ne savaient pas comment mettre sur le tapis le sujet très brûlant ou qui devrait l'introduire. Mahini ? Dompihan ? Chacun attendait un geste de la part de l'autre. C'était à quand l'ouverture du chapitre du passé. Ce mémorial de la tristesse les hantait. Et plus singulièrement Mahini. Il en était malade. Etait-il guéri ? La suite laissait le champ libre à des conjectures. Chacun se cloîtra dans son mutisme. Peu de temps après, malgré les coups d'œil à la dérobée, Dompihan se leva, alla ramasser des pierres et revint s'asseoir, tout près de Mahini. Ensuite, elle fit des jets de pierres dans le buisson d'en face. C'était une vieille habitude de Dompihan. Du coup, Mahini s'en souvint.

- Tu n'as pas changé après toutes ces années, dit Mahini.
- Qu'est-ce qui te fait dire ça ?
- Ton jet de pierres me renvoie loin dans le passé.
- Tu l'avais remarqué en moi ?
- Bien sûr !
- Formidable. Sais-tu que tu n'as pas changé, toi aussi ?
- J'ai vieilli beaucoup.
- Je ne parle pas de ton âge, mais de ce que tu es. Ton humeur, ton sourire, ton élégance, ton charme, ta retenue, tout ceci se passe du poids de l'âge quand je te vois.
- Je véhicule toujours toutes ces qualités à tes yeux ? Je ne veux pas de plaisanterie. Je t'avais offert toutes ces qualités, pendant que j'étais pur, vif, sincère, vigoureux. Mais dans ta réponse, tu m'as dit : merci de ton offre mais je ne veux pas. J'ai un autre goût. C'est fait, c'est définitif. Laissons les choses en l'état s'il te plaît.
- N'est-ce pas aimable pour toi de m'écouter ?
- Raconte-moi. Le mal est déjà vieux de dix ans, les plaies se sont quasiment nivelées, bien sûr avec une bonne dose de douleurs inqualifiables pour ma petite personne.

Dompihan baissa la tête. Cette vérité la toucha. Mahini parlait en victime. Une victime qui semblait demander réparation à la coupable d'en face. Heureusement qu'elle pouvait aujourd'hui se défendre sans avocat face à Mahini. Les preuves qu'elle détenait suffisaient pour gagner le procès du pardon, de la réconciliation. Elle se mit débout d'humeur froissée, fit quelques pas en direction de la foule en liesse.

- Où vas-tu ?, interrogea Mahini, le regard contrarié.
- Je vais prendre mon sac avec ma sœur. Je reviens. Excuse-moi de ne pas t'avoir prévenu en me levant.

Le visage lumineux, le regard serein, le ton calme de Dompihan convainquirent Mahini de s'armer de patience. Lui qui croyait l'avoir choquée, blessée sans intention avouée. Il n'était plus question pour eux de se disputer à nouveau. En tout cas, pas en cette date cruciale. Surtout aucun d'eux n'avait intérêt. Personne n'y gagnerait cette fois. Mahini resta calme, bien seul un instant. Dompihan alla dans la foule. Elle se mit à chercher sa sœurette. Le lieu grouillait de monde. Les regards des gens la mettaient mal à l'aise aussi. Elle était là pour se réconcilier avec tout le monde. Mais, elle ne pouvait pas le crier sur tous les toits. Donc au passage, ici et là, les gens murmuraient leur vieille colère. Dompihan en était consciente. Très vite, elle détournait son regard vers ce groupe de morveux. Elle fit le tour sans voir sa petite sœur ; elle alla rejoindre les restauratrices. Puis le quartier général de préparateurs de viande, le groupe des serveurs de dolo. Pas même l'odeur de sa sœur à qui elle avait passé le sein. Elle décida de rejoindre Mahini qui devrait déjà trop attendre. Elle se retourna, en chemin, non loin de là, elle vit sa sœur revenir avec un groupe de jeunes filles. Elles étaient allées au puits. Chacune avait un seau sur la tête. Et elle, en plus du seau, avait le sac à main de Dompihan sous les aisselles. Elle prit son sac, et fit demi-tour pour rejoindre Mahini. Pas plus de dix pas, elle vit ce dernier en face. Il avait trop attendu, et venait aux nouvelles.

- Où allais-tu ?, demanda Dompihan.
- A ta recherche. Je te croyais fâchée. Alors, je venais te présenter mes plus plates excuses.
- Tu n'as pas à me présenter tes excuses. Au contraire, c'est moi qui te dois une explication détaillée. Bien sûr avec des preuves scientifiques dirais-je sur notre histoire. Alors, j'étais à la recherche de ma sœur, la dernière à descendre des bras de ma mère, elle tenait mon sac farci de choses de femmes et des preuves que je détiens sur notre histoire à deux.
- Retournons. Je vais demander qu'on nous serve à boire, dit Mahini.
- Laisse, je t'apporte moi-même à boire. Si je ne me trompe pas, tu bois toujours la même chose.
- Confirmé. Je suis resté fidèle à mes anciennes amours. D'ailleurs, j'y ai accès rarement ces temps-ci.
- Sais-tu que je bois maintenant ?
- Non.
- Attends, tu le verras. A tout de suite.

L'attitude décontractée et rassurante de Dompihan intrigua Mahini. Qu'avait-elle à lui avouer ? De quelles preuves parlait-elle ? Pourquoi était-elle si confiante ? Tant de questions aux réponses vaines froissaient l'humeur de Mahini. Il retourna aux pieds du kapokier. A l'opposé, Dompihan fendit la foule en quête de dolo. Aussitôt qu'elle arriva, s'agissant de Dompihan, elle n'eut pas du mal à se servir. Même si, dès qu'elle tournerait le dos, les susurrements reprendront. Elle se servit dans une gourde, apporta deux belles calebasses, rejoignit Mahini, portée très haut par son sourire très familier à ce dernier. Mahini aimait tant ce sourire d'étincelle à jamais. Aujourd'hui, il se vit gratifier une fois de plus par ce sourire quasi immuable. Il en était fier. Mais les révélations tant attendues de Dompihan lui causaient quelques rides, des demi-soupirs, des interrogations. Dompihan arriva, servit le dolo dans chaque calebasse à déborder quasiment. Chacun but. Les regards devinrent farouches. Chacun posa sa calebasse. Ils se toisaient ensuite, avec des sourires, des soupirs venus des battements émotionnels des deux cœurs. Dompihan ne fit pas durer le suspense. Mahini en avait marre de cela. Elle prit son sac, aux yeux de Mahini, y mit la main puis la ressortit, fixa des yeux son interlocuteur cloué attendant les mots qui sortiront de sa bouche.

- Te rappelles-tu la date exacte de notre séparation ?
- Non. Je ne veux même pas m'en rappeler. C'est dangereux pour ma santé.

Cette petite phrase frappa de plein fouet la conscience de Dompihan. Elle tiédit dans son élan. Elle mesura à tel point l'homme en face d'elle avait été atteint du mal d'amour. Mais elle ne devrait pas reculer pour cela. La pause passée, elle revint hardiment avec une autre question.

- Te rappelles-tu des raisons que j'avais avancées dans ma lettre pour te demander pardon ?
- Oui. Je m'en rappelle. Elles étaient plates et pleines de naïveté. Alors, elles ne méritaient aucun crédit à mes yeux. La suite, tu la connais.
- Merci de te rappeler cela au moins.

Elle le dit avec une larme sur la joue. Mahini se morfondit. Il regretta de suite ses propos. Il avait été violent. Son ton n'était pas apaisant comme le souhaitait Dompihan.

    - Excuse-moi. Je n'arrive pas à ouvrir cette page de ma vie sans que la douleur atroce que j'eusse ressentie aux premières heures de notre rupture m'envahisse.
    - Je ne t'en veux pas. Mais, bientôt, tu comprendras que je ne suis pas cynique. Mais que je suis simplement une femme qui a eu tort de t'aimer, toi.

Dompihan fondit une fois de plus en larme. Le poids de cette vérité pesait sur sa conscience. Elle devrait vite s'en défaire pour mieux respirer. Ainsi, point par point, elle révéla à Mahini ce qui les avait conduits malgré eux à la rupture. A sa grande surprise, elle vit Mahini fondre en larme. Il n'en revenait pas. Il avait aussi eu tort d'aimer Dompihan. Il avait commis le crime d'aimer la fille de la femme qui était rivale de sa mère. Quelle affreuse vérité ? Qu'avait-il à voir avec cette histoire ? Où était-il quand cela se passait ? Il n'était pas né. Pourquoi le faire payer cette dette d'animosité amoureuse ? Une pile de questions envahit sa tête. Dompihan dut le consoler. Elle croyait être prise dans la tourmente juste après de telles révélations. Elle se disait que Mahini ne la croirait pas. Elle avait peur du temps écoulé. Des années passées, du vent qui avait soufflé sur leurs consciences et l'oubli, ce mal nécessaire qui avait oublié certaines choses dans la mémoire collective. Mais, aujourd'hui, elle se rendit compte que Mahini avait toujours gardé vis-à-vis d'elle la même confiance. Mahini était toujours le même homme très sensible, trop sincère au point de ne pas accepter que les hommes soient faux et injustes. Pièce par pièce Mahini reprit les éléments à conviction, les examina, date par date, jusqu'aux petits détails.

    - Excuse-moi de t'avoir causé tant de douleurs. Mais je tenais à m'expliquer auprès de toi, auprès des nôtres. Je suis sûre que tout le monde apprendra par toi toute la vérité. Je n'eus jamais d'intentions malsaines à ton égard. Je t'aimais avec tout ce que tu avais, avec tout ce que tu n'avais pas. J'étais une femme qui a commis le crime d'aimer le fils de la rivale de ma mère. Voilà la plaie qui a pourri nos désirs jusqu'à les endeuiller. Dompihan se leva, fit quelques pas

derrière le kapokier, essuya ses larmes, se moucha. Puis, elle revint les yeux rouge-sang. Mahini avait fini de lire en pleurant, il lui remit les preuves notamment la lettre. De nouveau, Dompihan se mit à la lire. Cette lettre datait les choses jusqu'aux détails. Elle était écrite par son mari. Elle était destinée à sa mère. Les propos étaient cohérents, sans ambiguïtés. Cette lettre avait fait mal. Mahini resta là sans parole. Désarmé. Meurtri. Il se rappela le film épouvantable de ces années gâchées. Ce film avait fait événement. Il pesa sa douleur. Il refit le tour du calvaire subi qu'il ne méritait pas. Le poids du passé surchargea sa conscience. L'émotion était grande. Mais ils étaient là pour une cause, ils se rappelèrent cela : la fête de Lombo.
- Allons voir comment se passe le reste de la fête. Nous nous reverrons le soir, quand tout cela sera terminé.
- Allons. Je serai là, chez ma tante. Elle m'aime bien. Elle a été la seule à m'avoir soutenue quand les choses n'allaient pas entre toi et moi. Elle m'avait toujours dit qu'il y avait un mystère dans ce qui nous était arrivés. Tu me trouveras là-bas. Viens seul s'il te plaît. Je te le demande avec supplication.
- Entendu. Rejoins les femmes là-bas. Moi, je vais par là, j'aperçois quelques amis d'âge regroupés aux pieds du neem.

Ainsi, ils se quittèrent. Ils retrouvèrent les autres pour la fête. Cette fête battait son plein. Les gens dansaient en chantant. La nuit talonnait le jour. Le crépuscule ne tarda pas à s'annoncer. Cela invita les gens à faire vite. Ils firent le reste à temps. Les gens s'empiffrèrent, burent à gogo. Petit à petit on vit le monde converger vers le village. Chacun rejoignit ainsi sa demeure. Même si la fête se poursuivait chez le chef. Chacun pouvait en faire suite chez lui avec ses invités. Alors, il en était ainsi. Chaque famille avait prévu donner suite à cette fête la nuit tombée. La nuit alors, de plus belle les réjouissances étaient féeriques. Le sommeil n'était pas permis. Le monde allait et venait d'un quartier à l'autre, d'une famille à l'autre. La solidarité voulait qu'on se rendre la pareille même la nuit. Pendant que le monde était préoccupé à se réjouir, Mahini et Dompihan, de leur côté, s'évertuaient à remonter le temps. Ils avaient fait le vœu de cicatriser les crevasses de cette impasse. Ils avaient pris l'engagement de se redonner une chance. Mais comment ? Chacun d'eux étant lié par le mariage. Les bagues brillaient dans leurs doigts. Cela ne constituait guère un obstacle se disaient-ils. Ils voulaient refaire les choses. Ils voulaient replacer leurs rêves là où la divine chance les eut placés. Ils en étaient décidés à recréer le défi, et le gagner enfin. Ils passaient une soirée d'amour, tranquille, paisible. Puis, chacun essaya de mûrir sa petite idée afin de réaliser le vœu. Chacun alla de sa stratégie. Dompihan était très radicale. Elle n'envisageait pas de souplesse. Elle voulait briser le rêve de ceux qui l'eussent enchaîné dans les bras de son mari Vini. Sa mère devra se réveiller. Mais son réveil ne durera pas. Dompihan ne comptait pas leur laisser une chance de riposter. Elle était bien résolue à rompre. Une rupture avec fracas. Une rupture qui fera événement comme son mariage. Une rupture qui donnera des insomnies aux plus concernés. La guerre de nouveau alluma ses flambeaux. La suite n'était point devinable ; c'était le début d'une suite d'histoires. Des événements se succéderont certainement. Le lendemain, chacun prit sa route. Ils durent faire chemin ensemble. Arrivés dans la cité Bankuy leurs voies se séparèrent. Mais ils s'étaient fait le serment de se retrouver dans quelques mois pour sceller l'union tant recherchée. Rien ne les faisait peur à présent. Ils étaient prêts à affronter l'opinion. Ils étaient armés contre les ennemis de leur amour. Ils avaient la conviction que Dieu était de leur côté. Alors, pourquoi hésiter ? Ils s'engagèrent sans réserve. La bataille devrait être faite de péripéties incalculables. Mais cela en valait l'effort. Cela en valait le sacrifice, l'endettement. Mahini agissait au nom de sa mère. Il voulait sauver l'honneur d'être le fils de sa mère. Un homme capable d'être l'époux de la fille d'une rivalité rancunière. Aussitôt les chemins séparés, Dompihan regagna sa demeure. Le voyage de Mahini, lui, commençait. Il arriva à la gare routière, fit monter sa moto Yamaha V80. Paf ! Le départ avait lieu. Il monta sans le moindre commentaire. Bien sûr, après avoir rempli les formalités du voyage. Il traversa le car de part en part sans voir où s'asseoir. Il était toujours aux mains de ses propres rêves, fait prisonnier. Il posa tous ses actes avec aisance sans tenir compte des regards de la communauté de voyageurs qui ne comprenaient rien dans son attitude. Il s'assit loin derrière, le regard fort brillant, le sourire vif, mais sans parole. Le film de leur rencontre était bien enfermé dans sa petite boîte crânienne. Il eut été le seul à le visionner avec passion. Il eut été le seul spectateur de ce spectacle sans salle obscure. De ce fait, son voyage se passait dans un autre voyage. Du coup, il ne sentit pas les heures défilées. L'horloge pourtant avait tourné sans arrêt. Seulement Mahini seul ne s'en était pas rendu compte. Les multiples escales ne le dérangèrent point. Il était le seul à bord de son navire d'illusions. Il voyageait doublement. Quand brusquement, il vit les passagers assis à ses côtés, le piétiner en descendant. Il revint à lui. Il comprit que le voyage en car était terminé. Alors, il dut suspendre le cours de son rêve réel. Il en était certain que ce rêve reprendra dès qu'il le voudra. Il descendit comme les autres. Sa femme ne l'attendait pas en gare. Il ne l'avait pas informée de sa venue en cette date. Il descendit, prit son sac et sa moto. Il prit ensuite la route, roula cinq minutes environ. Il fit escale dans une buvette « *la belle de Sya* » pour ingurgiter une bière. Là, il profita pour informer Dompihan de son arrivée. Elle en était ravie à mourir. Il but une bière, prit encore sa route jusqu'à la maison. Il arriva bien trop épuisé par ses voyages tant physique et psychique. Mais avec une seule chose en tête : rompre avec sa femme. Il était bien décidé. Son engagement était ferme, irrévocable. L'accueil fut celui de la surprise. Sa femme ne l'attendait pas. Aussi, il ne l'avait pas prévenue. C'était une première. Intérieurement sa femme se posa des questions. Mais ne tira pas sur les ficelles. Très vite, elle se détourna de ces idées noires. Les premiers jours furent sereins. Aucun signe ne véhiculait le changement. Aucune météo ne pouvait prédire ni les tempêtes ni les printemps à venir.

Chapitre IV
Tous les coups sont permis

Tout allait à la normale. L'atmosphère était cordiale et conviviale. Cette attitude était stratégique. Mahini avait fait choix d'agir ainsi pour aboutir à ses fins. Il se fit homme veule, asservi aux jupons de sa femme. Parallèlement, sa femme Léwa, avait été chez un marabout pendant son voyage pour qu'il rende son animal domestique plus docile. Ce travail avait été fait. Ainsi, l'attitude de Mahini faisait croire à Léwa, sa femme, que le marabout avait fait des prouesses. Elle allait le récompenser à prix d'or. Elle était fière d'avoir à ses côtés, son animal domestique dévoué à ses services. Il était bien serviable. Mahini faisait tout. Il était pire qu'un valet. Du coup, le régiment des anciennes amies de Sya se moqua éperdument de lui. Il avait payé sa mort en les abandonnant au profit de Léwa. Les sabots faisaient le tour de sa maison pour entendre les cris de l'homme battu. Les journaux étaient à l'affût d'images pouvant l'attester. Les photographes rôdaient par là nuit et jour. Tout le monde crut aux rumeurs. Enfin, il y avait l'exemple célèbre d'un homme battu à longueur d'heures par sa femme. Son cas fut exemplifié. Il était cité dans les forums, les tables rondes sur la problématique des droits humains. Léwa en faisait un peu trop pour apporter la preuve de cette domination sans partage. De son côté, Mahini également en faisait beaucoup trop pour crédibiliser la donne. Il se fit une bête de somme très caractéristique. Il faisait sans sourciller la corvée d'eau ; il fendait le bois avec loisir ; il allumait le feu en chantant matin et soir à l'instar d'une travailleuse familiale achevée ; il faisait la vaisselle en sifflotant ; il lavait le linge, repassait les habits tout heureux d'accomplir sa besogne. Au besoin, il éventait sa femme, trop grosse, incapable de supporter la moindre chaleur du temps. Elle était fière des services de son valet de mari. Son règne l'y contraignait. Elle méritait qu'on lui fasse allégeance. Seulement quand la nuit douce tombait sur la cité, quand les plumes diarrhéiques, les bouches menteuses, les compassions hypocrites vidaient les lieux de leurs odeurs disparates et nocives, son mari la devançait au lit. Dès lors, lui son soleil se levait ; lui son règne s'entamait là. Sur le lit de l'intimité, avait lieu un tout autre combat. Au lit, quand elle arrivait, de sa masse d'éléphant, de ses doigts de racailles et ses caresses de frivoles, elle croyait mettre l'homme en sac. Hélas ! Sa séduction était vaine. Ses attouchements de barbare, ses baisers piquants et ses enlacements étouffants laissaient Mahini indifférent. Il s'était fait ce moral, ce tempérament, cette résistance. Il en était le seul maître à bord au lit. Sa femme était sidérée de voir la limite de sa force. Cela l'attristait et la décevait. Elle était sevrée chaque nuit de la chose pour laquelle son règne en valait la peine. Au lit, elle était gouvernée. Peu avant minuit, chaque nuit, ses agressions maladroites de séduction se transformaient en ronflements unilatéraux. Elle seule avait le goût à pareil sommeil. Elle savait ronfler nonobstant son échec de gouverner son mari totalement. Pendant ce temps, Mahini pro-activait sur l'acte final à poser pour retrouver la femme qui habitait définitivement son cœur. Il cherchait. Il mettait à profit ses nuits blanches pour mieux agir. Le temps était compté. Les mois passaient. Les jours s'enchaînaient comme des termites en chasse. L'aube de sa délivrance s'approchait. Il en espérait tant. Son mal s'appelait Dompihan. Son espoir portait son nom. Ses rêves la mettaient au centre de son euphorie rêveuse. Mahini avait aveuglement foi en Dompihan. Il avait mis aux oubliettes le passé. Il ne la jugeait plus sur l'histoire. Elle en était victime autant que lui se disait-il à répétition. Le défi était gros. Les risques étaient énormes. Mais, il en valait le sacrifice. Sa nuit lui apportait la foi en ce qu'il faisait. Surtout, quand il sortait vainqueur de sa mastodonte. Toutes ces scènes se déroulaient aux côtés d'une femme trop fière de son sommeil. Puisque son seul souci restait le lever du jour. Le jour qui lui était favorable. Les vents du jour lui accordaient l'illusion de sa toute puissance. Elle en était fière à mourir. Elle en était ivre au point de faire dans l'impitoyable gouvernance vis-à-vis de Mahini. Ainsi dès le lendemain matin, son mari, volontiers, lui cédait la place pour son règne au grand jour. Elle régnait sur un empire composé d'un sujet, d'un vassal. Malgré tout, sa gouvernance était absolue, autoritaire. Même si, le sexe était la seule nourriture dont la pénurie la faisait dégrossir. Elle s'amaigrissait par manque de nutriments d'amour. Dès son retour chez son Mari, Dompihan, elle, devint un personnage étrange. Ce fut subit aux yeux de son entourage immédiat. Elle n'avait jamais donné ce profil à voir à personne. Elle présentait trop de bizarreries dans son attitude. Elle sortait sans prévenir ni laisser d'adresse. Elle faisait des appels téléphoniques plutôt intimes aux yeux de son mari. Elle était trop négligente vis-à-vis de ses devoirs conjugaux. Alors, la tension monta. Vini sortit de ses gongs, essaya de faire valoir ses muscles de conjoint. Inutilement. Cela d'ailleurs apporta de l'eau au moulin de Dompihan. Elle joua les incorrigibles patentées. Vini plia très vite l'échine, question de sauver leur union. Les intentions de Dompihan étaient bien trop transparentes. Vini n'en sortira pas gagnant à l'issue du duel farouche. Il tiédit sa position. Il alla sagement informer la mère de Dompihan. Celle-ci ne fit rien au prétexte du respect strict de l'indépendance du couple, revendiquée avec grand bruit. Elle se rappela les propos véhéments, francs et directs que sa fille avait tenus à ce sujet à son égard. Elle avait peur d'en entendre de plus durs. Elle ne tiendra pas. Elle refusa de s'ingérer dans la vie du couple. Vini devra aller gérer la situation selon son entendement. L'idée lui vint d'informer le père. Il alla tout de suite le voir. Celui-ci, le rappela leur droit à s'autogérer. Point. Ils le laissèrent tous dans la tempête tout seul. Chacun craignait la réaction de Dompihan. Elle s'était vite métamorphosée. Vini repartit chez lui. Il se résigna à se battre en solitaire comme le faisait Dompihan. Il était habitué à des solutions faciles avec la belle-mère. Laissé seul, aujourd'hui, il se mit à douter de ses capacités d'homme face à sa femme. Celle-ci étant devenue tout autre à ses yeux. Voilà le moment que sa femme choisit pour lui asséner le coup fatal. Elle lui annonça ses retrouvailles avec Mahini. L'homme contre qui, tous avaient travaillé, afin qu'elle le déteste à jamais.

- Tu ne vas pas le revoir. Dis-moi que c'est une blague de mauvais goût !
- Je ne le revois pas. J'y retourne pour terminer ce que nous avions commencé, il y aura bientôt, plus de douze années. Le bateau qui me menait à lui avait échoué sur le quai par votre faute. Aujourd'hui, je suis le seul capitaine à bord. J'y arriverai vaille que vaille.
- Tu n'es pas au sérieux. Avoue-le ! Tu crois qu'il t'ouvrira les bras, après toutes ces années ? Reviens sur terre, ma chérie !
- J'ai mes appuis sur terre. Détrompe-toi. Je suis résolue à faire sans honte le chemin que vous m'aviez empêchée d'emprunter. Pour moi, ça s'appelle renaissance, dignité retrouvée, réhabilitation. Je ne serai plus l'épouse enchaînée d'un mari par défaut. Un mari prêt-à-porter. Un mari qui aurait été mon oncle. Mais qui se refusa, par cynisme à jouir honteusement entre les cuisses de sa nièce innocente.

Vini croyait à des menaces stériles. Hélas ! À présent, il s'en était aperçu que les choses n'étaient pas ainsi. Il accourut ipso facto informer sa belle-mère. Celle-ci, mise au courant de la nouvelle donne, se réveilla de son sommeil. Elle se déporta clopin-clopant chez sa fille, le visage brûlé d'inquiétude, de peur de perdre la guerre à cette heure de sa vie. Elle était d'humeur, nerveuse, prête à sermonner. Elle murmurait sa colère en entrant dans la cour.

- Ça n'arrivera pas. Dompihan ne me fera pas ça. Où est-elle ?

Elle entra dans le salon, Dompihan y était apprêtant avec rage et empressement sa valise.

- Que fais-tu Dompihan ?
- Comme tu le vois maman, je retourne chez mon mari Mahini.
- Ce n'est pas possible. Tu ne nous feras pas ça !
- Quand tu m'as enturbannée les yeux, la conscience et envoyée comme une marchandise à vil prix aux bras de ton frère Vini, pour qui l'as-tu fait ? C'est bien pour toi. Tu m'as sacrifiée à l'autel de ton orgueil fumiste, de ta rancœur nocive, de ton animosité insensée. Alors, cette fois-ci, je le fais pour moi, au nom de ce que vous m'avez fait perdre d'humain, de beau, de digne, de précieux. C'est à jamais maman. A jamais !

Incroyable ! Sa mère se laissa choir dans le fauteuil suite à des vertiges. Elle ne croyait pas à ses oreilles. Sera-t-elle vaincue, douze années plus tard, par ce fils ? Incroyable ! Quelle pénitence cela lui ferait d'entendre ça ? Elle réfléchit, le visage piteux, les mains moites de sueur, assise à côté de Vini. Elle tremblait terriblement. Vini croisa les doigts comme devant une croix. Il sollicita le concours de Seigneur Dieu de tous. Normal. Dieu de tout le monde était le recours. Surtout en pareilles situations de réel dépit. Pendant ce temps, Dompihan terminait tranquillement de faire sa valise. Sa mère de même était en prière. Elle espérait que sa fille rejoigne la famille. Là-bas, elle ferait intervenir soit le curé soit le forgeron soit le vieux griot, pour sauver sa face à l'arraché. Elle priait à cet effet. Même si, elle n'était pas certaine de la réponse que Dieu donnera à sa prière. Parce qu'elle-même n'était pas toute propre dans cette affaire. Elle était loin d'être exempte de tout reproche. Elle n'était pas la sainte mère de Dieu. Et ça, elle le savait. Mais dans le désarroi, même le voleur et le criminel ont toujours eu des prières comme bouée de sauvetage. Seulement, une chose l'intriguait. Dompihan ne prit qu'une seule valise. C'était d'ailleurs la plus petite de toutes ses valises. Le reste de ses effets étaient là. La travailleuse familiale rangea les grosses valises sous ses yeux. Que faire ? Elle jeta son va-tout dans la prière. Dompihan acheva de faire sa valise. Vini, et sa mère retinrent leurs souffles. Zamahan, quant à elle, pleurait son travail. Dompihan avait su être une grande sœur pour elle. Chose très rarissime pour cette catégorie de personnes travaillantes, sous nos tropiques. Quand elle eut fini de faire sa valise, elle prit son fils ; Vini s'interposa à la porte en barrant le passage.

> - Pourquoi n'accours-tu pas au village solliciter l'aide infaillible des dieux comme autrefois, au lieu de le faire toi-même ?

Vini se sentit désarmé. Comment ? Par quelle voie Dompihan avait-elle appris cela ? Il lui céda le passage, la queue entre les jambes, la tête coupée du reste du corps pourrait-on dire. Tous les deux accompagnèrent Dompihan à la porte sans le vouloir. Bien sûr. Devant le portique, belle-mère et beau-fils assistèrent à leur défaite commune. Ils accompagnèrent des yeux Dompihan jusqu'à perte de vue dans le flou de l'horizon de leurs regards de dominés. Au même moment, dans la ville de Sya, Mahini déroulait son plan. Il était à l'étape finale de son plan de rupture avec Léwa. Que faire donc ? Il avait déjà appris la rupture de Dompihan avec son mari. Il devait tenir sa promesse. Dompihan n'attendait plus que son signal de liberté. Il médita. Il soupesa toutes les solutions qui se présentaient dans sa tête. Il voulait simuler un fragrant délit d'adultère. Cela suffirait. Il revit les tenants et les aboutissants. L'idée lui parut peu lumineuse. Il serait incriminé. Or, il ne voulait pas être mis en cause aucunement dans le feuilleton passionnant de leur rupture provoquée. A force de chercher à vouloir abattre son chien, il finit par trouver le moyen imparable d'y parvenir. Il prit alors un congé à la surprise générale de ses collègues. De surcroît, au service, il se mit d'accord avec tout le monde. Au cas où, quelqu'un venait à le demander durant son congé au service, de lui répondre qu'il ne travaillait plus ici. Et pour cause, il se serait rendu coupable de détournement de deniers publics. Cela semblait anodin. Tout le monde en rit. Mahini lui, savait très bien ce qu'il mijotait. Ses collègues, eux, étaient très loin de s'imaginer son manège. Il partit ensuite en congé pour un mois. Il rentra le soir. Il se fit très bizarre. Léwa, sa femme l'observa du coin de l'œil. Il avait l'air abattu. Sa mine était des plus tristes au monde. Son attitude était des plus étranges qui soient. Son silence était des plus incompréhensibles. Alors que se passait-il ? demanda Léwa. Elle fit un effort immense pour savoir ce qui n'allait pas chez son mari. Celui-ci ne répondit pas de suite. Il prit son sac, le mit sens dessus dessous à la recherche d'un soi-disant papier de créances. Léwa resta là, à l'observer.

Son état était très difficile à interpréter. Tout laissait entrevoir un homme en proie à de très sérieux ennuis. Et quelles sortes d'ennuis ? Tout prêtait à croire à des ennuis d'argent. Mahini farfouillait partout où il laissait son argent. Dans le laps de temps, il reçut un coup de fil. Le téléphone sonna. Il sonna. Mahini fit semblant de ne rien entendre. Léwa sortit de sa chambre, prit le téléphone.

- Résidence de Monsieur Mahini allô !
- Passez-moi Mahini, je vous prie.

Léwa se retourna vers lui, Mahini fit signe de dire qu'il n'était pas encore arrivé à la maison. Il le gesticula si bien que Léwa pensât déjà au pire.

- Mon mari n'est pas encore rentré. Pourriez-vous rappeler plus tard ?
- Non. Dites-lui seulement qu'il aura la visite de l'huissier à la première heure.
- Je le lui dirai. Au revoir Monsieur.

Léwa raccrocha le téléphone avec rage et joie. Elle se dirigea vers Mahini. Ce dernier était toujours en quête de ses papiers de créances. Il suait. Il tremblait. Il était tout sauf un homme serein. Léwa le fixa longuement avant de lui demander.

- Comme ça, tu as des problèmes d'argent ?
- C'était qui au téléphone ?
- Tu n'as pas répondu à ma question.
- D'où sors-tu ça ?
- C'était l'huissier au téléphone.
- L'huissier ? Non, pas ça !
- Tu croyais tout me cacher n'est-ce pas ? Alors débrouille-toi. Et puis, je te préviens, je ne serai pas là pour essuyer tes misères en cas de problèmes.
- Tu es ma femme, non. Nous sommes unis pour le pire, non. Où iras-tu quand bien même tu sais que je suis colleté à de réels pétards ? Tu n'iras nulle part, je le sais, n'est-ce pas ?

Léwa pouffa de rire ; elle était inconsolable dans son rire narquois. Les choses sentaient le pourri ; elle le devinait à travers les propos de Mahini. Elle se retira toute hilare dans sa chambre. Elle ressortit en chantant. Elle se mit à fredonner une mélodie des grands jours. Son humeur châtiait. Son attitude donnait de la nausée à Mahini. Lui qui se plaça, volontiers, dans le rôle de l'homme à problèmes. Toute la nuit, il fit mine grise. Il ne dormit point. Il se réveillait instant après instant. Léwa, elle, était dans un sommeil d'indifférence. Elle roupillait. Elle ronflait. Elle était la plus heureuse. Son homme avait des problèmes. Elle voyait là, le moment de toute sa subordination sans faille, et dès que se complexifierait le problème, elle partira sans crier gare. Elle priait Dieu que l'aube pointât le nez. Elle se lèvera pour répandre la bonne nouvelle dans le quartier. Son plan était déjà conçu dans sa tête. Elle dormait toute prête à agir à sa convenance dès l'annonce des couleurs du matin. Mahini, lui, aussi était tout près de réaliser son plan. Il était plus que convaincu que c'était le meilleur. Il n'en sera pas pointé du doigt d'avoir été à l'origine de quoi que ce soit. Mais en attendant, il devra subir toutes les humiliations en perspectives. Léwa ne lui fera pas un présent. Il en était bien conscient. Elle le dégoûtera à toutes les femmes dans le quartier avant de s'en aller. Elle avait d'ores et déjà annoncé les couleurs. Sa position impitoyable était connue. Le reste sera de la répétition tout au long. Mahini était prêt à tout. Il avait déjà consenti l'inestimable sacrifice en se faisant passer pour un homme à problème. Il ne pouvait faire marche arrière de peur d'échouer avec fracas dans son projet. Il perdrait à son tour toute la confiance de Dompihan. Il ne voulait pas être face à cette responsabilité. Il était résolu à franchir la barrière dressée sur son chemin par la mère de la femme qu'il aimât vraiment. Pour cela, tous les sacrifices, quels qu'ils soient, étaient, les bienvenus. Ils constituaient, pour lui, la rançon de la délivrance. Une délivrance qui aura certes, un arrière goût très amer pour chacun. Le jeu de cartes était déjà enclenché. La roue tournait. Les choses avançaient vers leur dénouement final. Tout se fera sans aucune place accordée au remords. A l'issue de ce duel, il était dit qu'un vainqueur sera désigné et une perdante fera les frais. Chacun défendra son rôle, chacun récoltera ses oliviers sur le champ qu'il avait semé. Les fanfares de l'aube donnèrent l'alerte. Léwa sauta de son lit. Mahini, lui, retrouva là un sommeil voulu. Il dormit tranquillement pendant que sa femme attendait le début du second épisode. L'arrivée de l'huissier. Elle vaqua à sa besogne domestique les oreilles tendues aux échos extérieurs. Elle fit tout avec empressement. Elle avait une mission en vue. Tout avait de l'importance à ses yeux. A sept heures pile, une camionnette ben gara devant leur cour. Elle jeta son balai, accourut à la porte. Trois hommes descendirent de là.

> - Bonjour, Madame.
> - Bonjour, Messieurs.
> - Je suis l'huissier Ha Kimou, eux, ce sont mes collaborateurs ; nous venons saisir les biens hypothéqués par votre mari. Il est là ?
> - Oui. Mais il dort encore.
> - Ce n'est pas bien grave, il est bien au courant. Nous avons là, la liste des biens qu'il a hypothéqués. Veuillez nous suivre Madame.

Léwa, pour attirer l'attention des gens du quartier, se mit à pleurer. Ces cris déchirant les tympans alertèrent tout le quartier. Les gens accoururent. La cour s'inonda de monde. L'huissier fit sortir la moto de Mahini, les biens meubles : fauteuils, table à manger, télévision, appareils électroménagers, quelques couchettes, les deux petits vélos de son fils et même les sacs de maïs et de riz qu'il avait en réserve. Léwa était meurtrie dans ses larmes. Elle fit le scandale. Après le départ de l'huissier, elle reprit ses chants moqueurs de plus belle. Elle chansonna partout, pis, elle alla dans la chambre où était couché son mari pour chanter. Elle fit petit à petit ses bagages en chantant de gloire. Le quartier était suspendu sur les ailes de la grosse surprise qui allait s'en suivre. Tout le monde la savait hautement matérialiste. Vivre dans une telle situation sonnait l'impossible. Les femmes devisaient à ce sujet tout au long de la seule journée. Vers le crépuscule, une autre camionnette gara devant le portique de Mahini. Les gens crurent à l'arrivée du même huissier. La foule s'ameuta devant la cour. Cette fois, c'était Léwa qui venait vider les lieux. Elle ramassa avec l'aide de ses frères, ses quelques biens qui restaient. Puis, elle prit son fils et, partit chez ses parents. Le lendemain, elle se rendit au palais de justice avec sa demande de divorce. Vers onze heures, elle revint porter l'invite à Mahini de répondre au tribunal. Mahini prit la convocation sans gémir. Puisqu'au fond de lui, son objectif était atteint. Il venait de faire quitter celle qui sentait du pourri dans sa maison. La route était toute propre, et sans gros risques pour que Dompihan fasse son entrée triomphale. Une semaine après, à dix heures sonnantes, Mahini se présenta au juge le jour indiqué sur la convocation. Il ne voulait pas d'avocat. Il préférait une désunion à l'amiable. Alors, les choses allèrent très vite. Il signait sans se poser de questions tous les papiers qui se présentaient. Il ne se demandait guère à quel point il était engagé sur le plan de sa responsabilité. Onze heures sonnantes, Mahini et Léwa quittèrent le bureau du juge et se trouvaient déjà sur le préau du palais. Mahini tenait la main de son fils, Léwa suivait. Les voisins très remontés contre Léwa protestaient devant le palais. Ils n'avaient que de la compassion pour Mahini et de la haine pour Léwa. Devant tous, Léwa rentra chez elle définitivement. Elle était soutenue par sa famille. Quant à Mahini, il rentra chez lui grâce à son voisin qui l'emmena avec sa mobylette. La rue se saisit de l'événement comme à sa vieille habitude. L'homme battu venait de s'évader des chaînes de sa femme en obtenant le divorce titrait certains quotidiens. La radio locale en fit large écho. Les langues fâcheuses firent mille gloses sur l'événement. Peu importe ! L'objectif de Mahini était plus qu'atteint. Les gens crurent que l'épisode était clos. Eh bien non ! Dès le lendemain matin, à la même heure précise, la camionnette ben gara chez Mahini. Dans le sens contraire cette fois-ci, le soi-disant huissier qui n'était rien d'autre que l'ami de Mahini remit les biens à leur place. Gros étonnement dans tout le quartier. La nouvelle prit la fuite. Le quartier fut inondé de la nouvelle. Léwa l'apprit. Elle rigola. Elle n'y croyait pas. Elle fit deux jours de silence. Les gens continuaient d'en parler. Elle fit l'indifférente. Au troisième jour, vers le crépuscule, Dompihan arriva. Elle venait prendre sa place aux côtés de son mari choisi. Le moment était indescriptible. La joie accompagnée des larmes. Les sourires, les rires, les baisers farouches et passionnants. Le monde s'était revêtu d'une autre couleur. L'ozone, la mousson, l'harmattan, les quatre points cardinaux connurent le changement. Les portes d'un nouveau jour s'ouvrirent. Le passé d'hier était déjà archivé. Le présent naissait avec ses complices, ses confidents et ses chroniqueurs dans les couleurs, les éclats et les ombres du futur monde. Un livre à écrire commença là à chercher son auteur, son éditeur, ses lecteurs, ses heureux gagnants.

Chapitre V
On ne raconte pas l'amour

Tout le quartier était en euphorie. Ce n'était que justice disait-on. Cette nouvelle parcourut encore le quartier. Léwa ne tarda pas à l'apprendre. Cette fois, elle ne rigola pas. Elle resta dubitative. Elle fut choquée éperdument. Elle n'avait plus le droit d'y aller. Tout était clair. Les responsabilités étaient bien reparties. Chacun était de nouveau libre de refaire sa vie. Pis, elle était à l'origine de leur divorce. Il n'y avait plus d'issues de secours possible. Dompihan, elle, fut accueillie triomphalement dans le quartier. Elle était cordiale avec tous. Et tous l'étaient vis-à-vis d'elle. La bataille était rude au sein des femmes pour la conquête de son amitié. Elle avait mine de personne ouverte et humble. Elle était d'approche facile et sensible. Cela se démontra au cours de l'accueil que ses circonvoisines lui réservèrent. Elle coula des larmes de joie. Elle fit aussi le tour de la longue file de femmes pour leur distribuer des accolades. Ce moment fut haletant. Là, commença le début de ses souvenirs dans la nouvelle cité de vie, auprès d'un mari choisi, cette fois-ci. Peu importe, ce que dira l'opinion. La nuit, seul à seul, Dompihan sortit de son sac à souvenirs une lettre de Mahini. Celui-ci la lui avait écrite, il y avait plus de douze années maintenant. Assise en face de lui, illuminée par son sourire, elle demanda à Mahini de fermer les yeux et d'écouter ce qu'elle lira. Mahini ferma les yeux, elle déplia la lettre, se mit à la lire dans sa teneur que voici :

Cité Bankuy, 1989

Très Chère Dompihan,
J'hésite. Mais les mots viennent d'eux-mêmes à propos ; c'est implacable ce que je puis ressentir à ton égard. Quelles en sont mes chances de te revoir à l'envi ? Je me pose, de cette manière-là, une pile de questions. Cela est-il justifié ? Je crois que oui. Ton amour me démange de m'asseoir, m'inspire des frissons et m'exile dans un plus que parfait

sommeil. Tu me violentes ; le temps est propice pour te le faire savoir. Je te subis comme une loi ; je t'obéis comme une impératrice ; je ne résiste plus à ta tendresse connue. M'envahissent chaque jour tes murmures doucereux ; m'égaient tes féeriques bercements. Au vrai, tu me consumes. Pourras-tu être à moi un jour comme tu me l'avais promis ? J'y crois de toute ma foi. J'y crois au nom de cet amour qui nous mène l'un vers l'autre. Alors, j'attends. J'attendrai ; je me masturberai ; j'éjaculerai à terre pour t'attendre. Dompihan, ma petite vie, sera comme finie si je dois vivre loin de tes regards, de tes sourires, de tes soupirs, de tes caresses et de tes paroles dormitives. Réfléchis. Réponds à la politesse de mon cœur. Tu me l'as dit une fois, je suis l'homme qui te mérite ; c'est l'homme qui est de ton genre. Réponds oui ; dis-moi amour, j'arrive ; je rêverai cette nuit même. Je reste suspendu à la corde de mes rêves de nous voir ensemble au coucher et lever de chaque soleil qui naîtra. N'est-ce pas que j'ai tout dit ? C'est l'amour qui m'a envoyé chez toi ; c'est l'amour qui m'a obligé ; alors, viens ! Viens un matin, un soir, une nuit. Importe ! Viens... Habitante de mon cœur.

Votre affectionné. Mahini.

Elle termina la lecture de cette lettre baignant dans un torrent de larmes, le sourire toujours présent, sur les lèvres étincelantes. L'émotion était grande et partagée. Mahini coula ses larmes de ressouvenirs de cette époque où l'amour, pour eux, contenait les meilleurs nutriments. Du coup, la porte resta ouverte sur le monde des souvenirs. Mahini se souvint de la réponse à cette lettre. Elle était là, bien enfouie dans le coffret de son passé. Il alla tout sourire dans sa chambre, prit son coffret cadenassé, l'emporta avec lui jusque sur la véranda. Dompihan était intenable d'entendre ses propres mots. Elle jubila à l'idée que rien n'était perdu. Mahini l'avait gardée entière dans le sous-sol de son cœur. Ensemble, ils cherchèrent la lettre, très vite, Mahini, la retrouva. Elle portait une mention spéciale dans son coffret : si tes mots étaient vrais. Voilà, ce qu'il avait écrit sur cette lettre singulière, juste après leur séparation. Sans le demander à Dompihan, impatiente de s'entendre, elle ferma ses yeux. Mahini se mit à la lire, articulation par articulation, jusqu'au dernier mot. En voici la version intégrale originale.

Cité Bankuy, 1989

A Toi Mahini mon amour,
Bonjour. J'ai bien lu ta lettre ; je la lis à chaque instant d'ailleurs. Là dedans, il y a quelque chose de très fort. Le même feu me brûle ; la même passion m'habite ; le même désir me harcèle. Serais-tu la délivrance ? Peut-être que oui. Je suis diablement folle de toi. De l'aube qui charme de sa rosée matinale au crépuscule qui berce avec sa brise vespérale, je pense impérativement à toi. De l'aurore à la brune, je crois te plaire sur cette planète bleue. Tes touchers d'experts, tes paroles d'évangile, tes soupirs farouches m'ont blessé amoureusement le cœur à jamais. Cet amour est juste beau, pur, dosé et opiacé. Toi aussi tu me consumes d'une certaine façon ; à chaque heure tapante de la vie, je me sens liée à ton existence ; je me sens présente dans ta vie ; je me sens enchaînée par mon rêve de t'appartenir. Si tu restes muet et sourd à cet appel intime de mon cœur, je serai orpheline à vie. C'est là mon serment. Déjà, je sais ce qui manque à ma vie afin qu'elle soit vraiment vécue, pleinement. Amour, tu es mes ambitieux projets. Le temps me harcèle ; il passe vite ; il m'effraie ; il me rattache pas à pas à toi. Appelons de nos

vœux, l'aube de la fin de ce mal d'amour. Je suis impatiente et solitaire. Les coqs ont changé leur façon de chanter le lever du jour ; le soleil luit autrement chez les autres que chez moi ; l'année à une allure de siècle. Je suis au point de non-retour ; ta présence fera mon loisir ; elle m'endormira ; elle m'occupera ; elle me fera vivre. Viens m'ôter de cette quarantaine ; nous serons époux. C'est l'amour qui m'a donné la parole afin que je te parle. Je t'aime...

Votre affectionnée. Dompihan.

On assista à une fin de partie très émouvante comme la première. Ils retrouvèrent ainsi, leur raison de vivre. La confiance refit place dans leurs cœurs. Quelle émotion ! Ils étaient maintenant ensemble, pour mettre en mots, tout ce qui était dit, écrit, pensé, imaginé et même souhaité de meilleur. La nuit à deux, fut unique en son genre. Ils n'avaient jamais partagé des instants de vie aussi inoubliables. Les cœurs se mirent à se cicatriser à une vitesse incroyable. C'était une vraie nuit de noces. La vraie nuit de la vie. Ils étaient de retour de quelque part, on ne sait où. Les choses commençaient pour de vrai. Mahini sonna le tocsin de ses retrouvailles non pareilles.

- Aujourd'hui, je suis fier d'être le fils de ma mère ; aujourd'hui, et à jamais, tu es très digne de ton père. Sois fière. Sois honorée. Sois heureuse Dompihan. Le sang ne raconte pas des histoires saugrenues. Le sang est et restera le don, notre héritage.
- Tu as raison. Je me reconnais à présent. Mon identité est authentique. Je suis la fille de mon père. Mais, je t'en prie, parlons de nous maintenant. C'est ce qui est le plus digne d'intérêt à mes yeux, à l'heure où nous sommes.
- Tu dis vrai. Parlons de nous ; regardons-nous dans le miroir du passé. Il faut que tu me connaisses bien à présent. Toi, je te connais déjà. Tu n'es plus l'énigme. Mais moi, je suis le mystère voilé. Je suis ce masque que tu aimes.
- Ne dis pas cela. Je te connais très bien Mahini.

- Amour, ce que tu sais de moi n'est guère loin de ce que j'aurais écris dans un livre. Aujourd'hui, je te parlerai de ces choses-là qui font le masque opaque de ce que j'ai été, de ce que je suis, de ce que je serai avec toi. Ces choses-là sont les constituants immuables de mon être.
- Je sacrifierai mes nuitées pour t'écouter, pour t'entendre me parler de toi, si tu le veux bien. Vas-y donc si cela peut te guérir pour de bon. Je suis ta femme, je serai là avec toi dans toutes les circonstances de notre vie.

Ces choses dont il parlait tant avaient un poids énorme sur son être. Ces choses avaient une origine. Elles avaient une histoire. Elles étaient comme les colorants de son existence. Elles l'accompagnaient dans le temps et dans l'espace. Il marqua une pause. Dompihan était rongée d'impatience d'écouter le récit de ces choses-là. Mahini se releva, s'avança plus près de Dompihan. Celle-ci fit de même. Ils se croisèrent les doigts en guise de serment mutuel. L'émotion rythma tout cela. Quelques larmes y participèrent d'ores et déjà. Mahini recueillit celles de Dompihan. Elle en fit pareil. Chacun se repositionna. Mahini était en face, les yeux fixés sur l'horizon. Il cherchait par où introduire le récit de ces choses du sous-sol de sa vie.

- Maintenant, dit-il, je suis assuré que tu m'écouteras. Maintenant, je sais quoi te dire. Les pièces du puzzle sont complètes et non interchangeables. Maintenant je te parlerai à toi, je te parlerai de moi.
- Rassure-toi. Je suis ici avec toi. De ces choses-là, quelle que soit l'histoire, rien ne changera en moi.
- Je peux alors te parler à toi de moi. Je te parle de ces choses d'une enfance que tu n'as pas connue. Je ne te souhaite guère pareille expérience pour commencer une existence.

Ce début fit pleurer Dompihan. Elle ne supporta pas ces révélations qui donnaient des pincements au coeur. Elle sentit que l'histoire contenait les toxines de la tristesse. Mais elle n'avait pas d'autre choix. Elle avait fait le serment d'écouter Mahini. Il devrait en être ainsi. Elle domina ses larmes, fixa de nouveau Mahini. Celui-ci lui sourit, et poursuivit sans gros malaises son récit.

- Cette enfance était déplumée de tout ; elle était parasitée par ces choses-là. C'est une enfance passée dans l'incertitude constante sous la pression physique de ces choses-là. Une enfance qui n'a connu que le dos d'une mère. Une mère volontaire. Une mère qui, chaque jour, pliait l'échine face à sa corvée domestique. Une enfance qui n'a de souvenir que les larmes d'une mère qui vous berce, le plus souvent, par un chant au goût du miel. Et ce, afin que le sommeil vienne rompre le supplice. Une enfance vidée de son enfance adorable. Une enfance passée du coq-à-l'âne. Une enfance trop tôt élue dans le cénacle de l'âge mûr. Une enfance qu'il me reste à revivre pleinement. Parce que tronquée, rapiécée, entrecoupée, d'intervalles flous, de feu, de bruits, de musique monotone, de pleurs, de haine, de violence. Une enfance qui me manque, à moi.
- Tu as vraiment vécu tout cela ?
- Oui. C'est un récit de ma vie. C'est le récit d'une enfance réelle et non virtuelle. Une enfance passée sous silence, revêtue des moisissures de ces choses-là. Enfance terrassée sous les ruines puantes de la vie. Une enfance passée à vil prix, sautant des paliers dans la course normale du développement. Une enfance promenée dans le marché des horreurs comme une ordure sans coût. Une enfance taillée avec la faucille des maladresses causées par ces choses-là. Une enfance vécue au bout des lèvres, privées des besoins du vivre. Une enfance de faim, de soif et de pitié. Une enfance passée sous le toit de mes grands-parents. Etait-elle le reflet de la réalité vécue ?
- Que dis-tu ? Votre maison était celle de tes grands-parents ?
- Oui. Elle l'était bel et bien.
- Où étaient-ils, tes grands-parents ?
- C'est une autre histoire. Mon grand-père fut le bourreau de ma grand-mère.
- Le bourreau de ta grand-mère ! Comment est-ce possible ?
- Si tu veux tout savoir sur cette histoire de nulle autre pareille, écoute bien. Ouvre grand tes oreilles. Assieds-toi bien. Ce fut un soir, d'après les archivistes de l'oralité, il y a bien longtemps. Je détiens les faits, mais je ne dispose pas de date. Cela remonte de très loin. Imagine-toi, mon père était enfant. Ma mère aussi. Inutile de dire que je ne figurais nulle part. Alors, un jour, mon grand-père passa sa journée sans encombre avec ma grand-mère. Le soir arriva,

ma grand-mère alla au puits. Il y avait déjà de la pénombre. Les gens se lavaient à l'air libre. Ce fut une nuit sans aucune clarté de lune, et très peu d'étoiles. L'obscurité régnait avec beaucoup de densité. De retour du puits, le canari sur la tête, elle fut abattue par son mari, mon grand-père avec une hache, celle de ma grand-mère.
- Quelle horreur !
- Après son forfait, il trouva refuge quelque part, dans les buissons à la ronde. Le village se mobilisa à ses trousses sans succès. Les forces de l'ordre ne firent pas mieux qu'eux. Ainsi, il disparut. Il n'est plus jamais revenu. Il est porté disparu. Il n'a pas de tombe sur lequel je puis me recueillir afin d'honorer sa mémoire. Ma grand-mère seule nous a laissés ses restes malgré elle, dans une tombe. Là où, mon grand-père l'avait forcée à y entrer.
- C'est incroyable ! Vraiment. Je ne savais rien de tout cela.
- Ne te culpabilise pas. C'est maintenant que je te permets d'ouvrir ce livre d'histoire. Cette histoire qui n'est pas écrite. Mais qui est une partie intégrante de mon histoire. La maison était l'héritage de mon père. Elle était le flambeau de nos souvenirs. Elle était tout pour moi. Y vivre m'amenait à croire qu'un jour mon grand-père reviendrait nous voir. J'y croyais. Je le souhaitais. Même s'il était en prison, j'aurais voulu cela. Mais il n'avait rien laissé de lui. Aussi, il avait effacé ce que ma grand-mère pouvait nous léguer. Un morceau de souvenir. Une photo d'elle. Un bracelet. Une boucle d'oreille. Un pagne. Un foulard. Ses vêtements. Mais rien de tout cela. Seulement un tombeau sans voix. Un tombeau qui ne parle pas. Un tombeau qui ne dit rien d'elle. Un tombeau muet et sourd.
- Je comprends. Seule la maison était le signe qu'ils eussent existé.
- Bien entendu. Cette maison était la mémoire de tout ce passé. Nous y étions sans crainte. J'aimais cette maison. Très mal bâtie certes, mais elle était bien plus qu'un héritage. Je me sentais très proches de ces morts devenus mes ancêtres. Je me voyais plus proche de mon propre passé. Je la revivais à petits pas, sur les lèvres des maîtres de l'oralité. Hélas ! Une nuit encore, je vis se terminer ce bonheur.
- Que s'est-il passé ? Quelqu'un vous a chassé de là ? Quelle histoire ! Je n'en peux plus d'entendre ces choses blessantes et indignes.
- Personne ne nous chassa de là. Cette fois-ci, nous partîmes de nous-mêmes.

- Avez-vous osé abandonner cette maison que tu aimais tant ?
- J'étais enfant. De quoi pouvais-je décider ? Rien. J'avais l'âge de subir les autres. Je l'ai fait.
- Raconte-moi cela dans les détails. Veux-tu ?
- Bien sûr ! Patiente-toi.

Mahini se leva, alla dans sa chambre. Il ressortit avec un calepin. Il avait écrit bien de choses là-dedans. Quand il s'assit, il se mit à feuilleter son calepin. Dompihan, très curieuse, lui vint en aide. Très vite, elle vit le titre d'une page : la nuit noire de l'exil. Elle le donna à Mahini. Celui-ci tourna rapidement les autres pages. Il ne vit rien. Seul le titre était resté. Les autres pages s'étaient volatilisées avec le texte en question. Il referma son calepin, et poursuivit son récit.

- Cette nuit-là, tard vers minuit passée, mon père et ma mère nous réveillâmes, mon frère et moi. Je ne compris absolument rien. A peine, je tenais d'aplomb, à cause du poids du sommeil. C'était la nuit noire. Ce fut une nuit de fuite. Par lâcheté ? Non. Je me rendormis pendant que les autres faisaient les bagages. C'était inhabituel. Aussi j'avais tellement sommeil. Quand ils eurent fini, mon frère me réveilla de nouveau. Je n'eus point droit à des explications. Un à un mes parents emmenèrent nos bagages sur la route. Ils allèrent les confier à la bienveillante nature sous le sceau de la nuit noire. Dans la maison, il n'y avait pas de lumière. Mon père nous disait que c'était dangereux d'allumer la lampe. Rien de plus. Mon frère et moi sommes restés là. Ils firent les va et vient jusqu'à la fin. Quand la maison était vide, ils nous donnèrent l'ordre de les suivre. Chacun devrait mettre les pieds où mon père mettait les siens. Lui seul maîtrisait le chemin. Il avait tout planifié. Je suivis mes parents sans rien comprendre. Je crus à un voyage. C'en était un. Mais tout particulier. Il s'était agi d'un exil. Il s'était agi d'un voyage au cours duquel la parole était interdite. Mimiques et gestuelles rythmaient la traversée nocturne ; la nuit fut notre confidente. Elle fut le témoin de cette fuite du sauve-qui-peut. En chemin, deux escales furent marquées. La première permit à nous les enfants de nous reposer du fait des charges imposantes sur nos têtes. La deuxième permit à mes parents de se relayer pour emmener le reste des bagages dans la nouvelle maison qui nous attendait. Au

bout de deux heures, tout se termina. Chacun pouvait de nouveau se coucher sur une natte. On était arrivé sur la terre d'accueil. L'ambiance dès notre arrivée empêchait de dormir. Des gens étaient là pour nous accueillir en bons réfugiés. L'accueil ne dura pas. A peine les gens repartirent, je me mis à ronfler sous l'effet de l'exténuation et du sommeil. Ces deux poids étaient énormes sur mon corps tout entier. Alors, sans peur je m'endormis en attendant de voir ce que le matin nous offrira à voir comme événement.
- Que s'est-il passé le matin de votre arrivée là-bas dans ce village ?
- Tôt le matin, pendant que mon frère et moi dormions encore, une foule envahit la cour. Au-delà du bruit, des rires, des taquins, des salutations nourries rythmaient la scène matinale. Le bruit semblait très agréable, l'atmosphère détenue. La joie se lisait dans l'écho qui nous parvenait dans la maison. Peu de temps après, on entendit les gens demander de savoir où nous étions. Alors, nous nous levâmes mon frère et moi. Le climat était tel que la gêne me prit. Je n'avais jamais vu de gens aussi gais. Alors, je partis me blottir contre ma mère qui me rassura tout de suite des raisons de la présence exceptionnelle de ces gens, de loin familiers. Ils sont venus nous souhaiter la bienvenue me dit-elle avec son sourire habituel. « Qui sont-ils ? », essayai-je de savoir. « Ce sont les oncles et les tantes de ton père », me dit-elle. Je voulus en savoir plus. Mais la tête que faisait ma mère touchait à un malaise. Alors, je me résignai. Ma mère ne voulait pas, pour rien au monde, évoquer ces questions taboues de l'exil avec nous les enfants. Pour elle, les enfants devraient être tenus à l'écart de tel bouleversement. Voyant son visage fermé à l'échange, je changeai de sujet. Et tout de suite, elle retrouva sa sérénité. Elle se mit à me parler comme à son habitude. Ces propos berçants revinrent dans sa bouche. Elle nous présentait les gens, les nommait pour nous.
- Cette histoire te fend le cœur. Quand je t'écoute, je lis le malaise, cette rupture dans ta voix. Peut-être aurais-tu voulu que les choses se passent autrement ?
- Je l'aurais voulu, soit. Mais l'histoire ce sont les événements non programmables. Que pouvais-je faire ? Mes parents n'ont rien pu faire. A leur place, je n'aurais rien pu changer à la donne. Le va et vient des jours et des nuits font l'histoire. Peut-on souhaiter que deux nuits et deux jours se suivent à notre bon vouloir ? Rien que

pour réaliser nos rêves favorables au soleil ou pendant la nuit. C'est impossible.
- Je te comprends. Si on pouvait fabriquer l'histoire, on le ferait de sorte à en être le héros.
- Tu as raison. Mais le héros n'est pas toujours le vrai. Le vrai héros se nomme parfois le martyr.
- C'est aussi ce que je pense. Tu es un martyr. Tu es le lépreux de tous ces événements.
- Nous sommes dans la même mouvance d'idées. Mais il y a autre chose.
- Quoi d'autre ? Raconte tout que je te connaisse à jamais.
- Quelques années après cet exil, je dus manquer à l'appel de l'école.
- Que dis-tu ? Ai-je bien entendu ?
- Oui. Tu as bien entendu. Ton ouïe fonctionne bien.
- Elle est totalement renversante ton histoire. Qui de ton père et ta mère a été à l'origine ?
- Ce n'est pas si simple à expliquer. Je suis allé à l'école. Mon frère aîné et moi faisions la même école. A la classe préparatoire de quatrième année, mon père refusa de me doter de mon trousseau d'écolier à la rentrée. Je n'ai pas compris le pourquoi.
- Que s'est-il passé ensuite ?
- Je tins informé mon maître de la décision de mon père. Celui-ci refusa que je quitte ainsi l'école. Il estima que j'étais un brillant élève de sa classe, une sorte de locomotive pour les autres. Alors, il me fournit, à ses frais, mon trousseau de fournitures cette année-là.
- Qu'il en soit récompensé !
- Ainsi, je puis achever l'année. Même si la décision de mon père était restée en l'état. Il ne paya pas mes frais de cantine. Je profitais du plat de mon frère aîné.
- Vous étiez deux pour un seul plat servi à la cantine de l'école ?
- Oui. Mon frère était un des responsables de la cantine. Il était assez bien servi. Son plat nous suffisait largement. A la fin de cette année-là, j'eus le premier prix composé de friperie essentiellement. Mon maître pensa autant que moi que mon père allait revoir sa décision.
- Il ne l'a pas fait ?
- Non. A la rentrée suivante, mon père m'appela et me dit : « Mahini, va dire à ton maître que s'il ne peut pas faire ce qu'il a fait l'année précédente, tu ne feras plus l'école. »

- Incroyable !
- J'informai mon maître. Celui-ci me fit savoir qu'il n'en pouvait plus. Son fils et son neveu allaient tous deux au collège cette année-là. La charge était énorme pour lui. Je revins porter l'information à mon père. « Alors, tu ne feras plus l'école », m'a-t-il répondu tout de go malgré mes larmes qui coulaient torrentiellement.
- As-tu quitté l'école en ce moment ?
- Oui. Je n'eus pas d'autre choix. Personne ne réussit à faire entendre raison à mon père.
- Et ta mère ?
- Ma mère essaya tout ce qui était à son pouvoir. Quand elle n'en pouvait plus, elle fit appel à ma grand-mère. Celle-ci aboutit aux mêmes résultats que les autres. Alors que faire ? Je répondis à l'appel de la brousse. C'était là tout le vœu de mon père. Je passai quatre années à me faire bercer par les chants des oiseaux, à cultiver, à chasser, à errer entre les saisons qui s'alternaient. Je faisais ensuite les petits métiers du dimanche. Je vendais du bois, du cola, des mangues, confectionnait des briques en banco. Au bout des quatre années, mon frère aîné, devenu pompiste, parce que mon père ne pouvait plus payer son collège, revint me sortir du ruisseau. Ainsi, je repris le chemin de l'école. Le reste, tu le sais.
- Oui. Je sais le reste pour t'avoir rencontré au moment où tu perdis ton père et plus tard ton frère aîné.
- Après cela, je vécus bien de choses horribles. Ma mémoire saigne encore.
- Peux-tu me les conter sans que cela te fasse de la tristesse ?
- Je te conterai tout. Je sais que tout cela me fera de la peine. Mais, c'est une décision dont j'assumerai les retombées négatives.
Les deux se parlaient très émus. La voix de Mahini était enrouée. Le rhume l'agaçait. Il se levait pour se moucher. Dompihan lui tendit un mouchoir, il se rassit, se moucha. Il fixa Dompihan, celle-ci lui sourit. Son visage se défit. Il retrouva sa parole.
- Excuse-moi. Ces larmes m'ont surpris. Je ne dois pas pleurer à vie.
- Merci. Je suis contente de t'entendre dire ça. Tu dois essayer de les remplacer. Je sais que c'est une illusion. Mais essaye quand bien même. Ça te fera moins souffrir.
- Merci. Tu as réussi à éteindre le feu de l'amertume en moi. Je me battrai. Eh bien, on sent le parfum de l'aube. Il est temps que nous

allions nous coucher. Ceci fera à tous deux du bien. Demain est un autre jour d'histoires. Nous nous marierons.
- Quoi ! Que dis-tu ? Nous nous marierons demain ? Oh mon Dieu !
- Tu ne rêves pas, nous nous marierons demain.
- Quel bonheur cela me procure ! Je suis ivre de joie.
- Allons dormir. C'est déjà décidé. J'espère que tu n'en seras pas un obstacle ?
- Pour rien au monde, je le serai.
- Viens me faire écouter la mélodie de ton corps.

Ils pouffèrent de rire. Puis, la main dans la main, ils rentrèrent se coucher. Le lever du jour était à presque deux bonnes heures. Les coqs étaient épuisés de chanter. Les lève-tôt sonnaient le réveil. Le muezzin à son tour donnait l'alerte de la venue de l'aube. Les gens se préparaient pour la prière d'avant le lever du jour. Le jour un peu plus tard se leva. Le soleil sortit des filets de l'horizon pourpre et brumeux comme un hippopotame sortant hors de l'eau. Aux premières heures de la matinée, ensemble, ils se rendirent à la mairie, munis de documents d'Etat civil nécessaires pour leur mariage. Mahini avait des affinités à la mairie de l'arrondissement de Boboville. Il alla user de son poids afin que leur union soit célébrée. Ils prirent place à l'hôtel de ville de l'arrondissement, prit contact téléphoniquement avec les témoins. Ceux-ci accoururent sans traîner les pas. Le maire dut modifier son calendrier à cet effet. Mahini tenait à ce que son mariage soit célébré par le maire, son ami des années de lycée. Une amitié qui s'enracina au fil du temps dans la vie active. Mahini avait dut prendre congé, pour battre campagne pour lui, quand il briguait la mairie. Cette amitié était plus forte que tout. Le maire mit la pression sur son personnel commis à cette tâche. Morceau par morceau, les documents sortaient. Midi sonna, le maire les invita au restaurant de son jardin. Les agents furent servis ; après le repas, chacun poursuivit son travail. Quinze heures. Les derniers documents étaient sur le bureau du maire. On afficha les annonces sur le tableau. Chose bizarre parce qu'inhabituelle. Le mariage avait lieu à seize heures. Personne auparavant n'avait lu cette affiche. Importe ! Les usagers entraient et sortaient de la mairie. Certains lisaient au passage la nouvelle affiche, d'autres pas. Ils étaient les plus nombreux d'ailleurs. A seize heures le maire annula ses rendez-vous. Tous se retrouvèrent dans la salle municipale des festivités, réunions et conférences. Mahini était là, derrière eux, les deux témoins et quelques agents de la mairie. Ceux d'ailleurs qui avaient fait le gros boulot.

Tout au plus quinze personnes. C'était tout. Le maire célébra le mariage, dans les règles de l'art. Après quoi, il les invita, pour un cocktail gratuitement offert. Mahini ne débourse aucun sou. Ce fut au cours de cette réception à huis clos que Dompihan et son témoin, la femme de Dibi, ami et témoin de Mahini se firent vraiment connaissance. Dibi et Dompihan, eux, se connaissaient depuis. Ils ne rentreront que tard dans la nuit. La joie déjà les enivra, l'alcool en plus les enivra. Ils rentrèrent sur la pointe des pieds quasiment. Mahini en était le plus fort ; il conduisit Dompihan à bon port, retourna emmener Panhiè, l'épouse de Dibi. Celui-ci, les suivit, seul sur son engin, parce qu'ivre. Tant bien que mal tout rentra dans l'ordre. Mahini regagna sa maison. Tout ce cinéma, le maire dut l'apprendre plus tard, lui qui s'était excusé pour recevoir, à vingt heures une délégation de partenaires de sa municipalité. La soirée fut festive entre proches. Le large éventail des connaissances était mis à l'écart. Ça urgeait. Et à l'urgence, la diligence devrait y apporter réponse. Voilà, l'excuse essentielle. Voilà, la raison principale. Voilà, la vie recommença. Les regards se tournèrent vers les aubes futures. Personne, ni Mahini, ni Dompihan ne pensaient à autre chose. Hélas, la mère de sa femme voulue, ne voulait pas de défaite à vie. Elle avait ses armes pour riposter. Elle n'y alla pas de main morte. Elle usera de l'arme qu'aucune femme, n'eut jamais mise en branle contre sa propre progéniture, quelle que soit la raison ou l'enjeu d'en face.

Chapitre VI
La malédiction du sein

Pendant que Mahini et Dompihan savouraient leur victoire, et d'un autre côté, Vini pleurait sa défaite, la mère de Dompihan entra en guerre non pas contre tous, mais contre sa propre fille. Elle qui a été le fruit de son sein. Elle qui sortit de ses entrailles. Elle se cacha, de tous, un soir, et jura en brandissant son sein gauche au ciel avec la main gauche. Elle souhaitait qu'un jour, Dompihan revînt la supplier par remords et repentance ; elle voulait lui infliger cette souffrance morale. Et en retour, elle aurait le pardon de la part de sa fille pour l'avoir donnée à battre par Mahini et sa mère. Sa colère était totale contre elle. Elle le fit, et se tut. Personne ne sut ce qu'elle posa comme acte gravissime. Dompihan pouvait demander simplement pardon au sein qui lui a donné la vie. Elle l'aurait fait sur conseils de personnes avisées. Parce qu'elle tenait à la vie. Elle espérait le bonheur, tant. Hélas, elle ne sut rien de tout ça. Alors, la vengeance de sa mère se mit sur les rails. Elle gagna du terrain à l'insu de tous. Sa mère même osa lui faire envoyer du soumbala, du beurre de karité et autres ingrédients pour la sauce. Dompihan crut à la réconciliation totale avec sa mère. Elle lui envoya six complets de pagnes. Quand l'envoyé les lui remettait, elle les prit avec la main gauche, et alla les poser ainsi. Son père ne sut rien de tout ça. Puisque l'envoyé arriva en l'absence de celui-ci. Alors, pour Dompihan, sa mère avait accepté ses pagnes, cela était synonyme de pardon. Elle envoya quelque temps après, de l'argent et un complet à son père. Celui-ci prit tout, fit à son tour une photo, et l'envoya. La dette était payée de l'entendement du couple Mahini-Dompihan. Ils dormaient sur les lauriers, heureux de vivre leur bonheur conquis ensemble. Les années passèrent. Les rêves se construisirent. Dompihan désirait tant donner à Mahini un fils. Mahini attendait cela. Elle tomba enceinte. C'était une grossesse voulue et accueillie comme tel. Une vive joie anima le couple. Le bonheur d'avoir un enfant les réjouit au plus haut point. Ils s'activèrent à réserver à ce futur membre de la famille un accueil d'amour de vrais parents. Les soins étaient apportés à la grossesse. L'ami personnel de Mahini, gynécologue de son état, se porta volontiers pour suivre l'évolution de la grossesse. La nouvelle parvint au village, Dompihan de nouveau attendait un enfant de Mahini. Du côté de la mère de Mahini, la joie était incommensurable. Un petit-fils de plus, cela se fêtait. Un petit-fils de plus, cela donnait des airs. Un petit-fils de plus, cela était tout le bonheur d'une grand-mère. Mais du côté de sa mère à elle, malheureusement, la nouvelle ne pouvait que déplaire. Si son père s'en était réjoui de compter un petit-fils de plus parmi sa descendance, la grand-mère de ce nouveau bébé ne le voulait pas. Elle priait tous les démons pour cela. Elle travaillait à empêcher l'avènement des nouveaux jours de ce bébé. Elle avait le secret de son choix de mal agir. Elle avait les moyens sophistiqués de sa politique de détruire les rêves de sa propre fille. Elle ne manqua point la cible. Elle l'atteignit en plein coeur. A sept mois, pendant que les préparatifs étaient bouclés par précaution et enthousiasme, Dompihan, suite à une hémorragie inextricable, perdit son bébé à l'hôpital, sous les yeux malheureux de Dinlo, le gynécologue, ami de Mahini. Celui-ci ne trouva pas d'explications scientifiques à ce qui arriva. Ce fut un coup de massue pour le couple. Mais personne parmi eux ne voulait se laisser désarmer par les aléas de la vie. Sans trop sombrer, ils rebondirent ensemble à la conquête de nouveaux espaces de joie et d'espoir. Et ce fut tant mieux. La vie reprit. De nouveaux efforts se déployaient. Ils ne baissèrent pas les bras. Ils avaient dit vivre ensemble d'amour, ils vivaient leur amour de façon exemplaire. Tout le quartier les considérait comme modèle. Ils recevaient des couples pour des médiations. Ils étaient sollicités. Cela les plaisait, les animait davantage à aller de front vers les possibilités qu'offrait la vie. Suite à des douleurs abdominales durement ressenties, après son avortement, Dompihan fut soumise à un examen médical approfondi afin de s'assurer de son état réel de santé. Les résultats furent alors catastrophiques. Dinlo aboutit à la conclusion qu'elle ne pouvait plus avoir d'enfant. Cela la marqua indélébilement. Soutenue par Mahini, elle ne parvint pas de sitôt à l'admettre. Du coup, elle crut que la roue de sa vie s'était arrêtée de tourner. Elle perdit des kilos à cet effet. Puis, elle se fit une raison. Que pouvait-elle contre la volonté du Suprême ? Créature, elle n'avait fait qu'accepter ses attributs venus de lui. Si elle ne pouvait rien y faire, pourquoi en constituer un rempart au reste de son existence. Remise de cela, elle se lança dans la vie. Déjà, entre son mari et elle, des malentendus se multipliaient sans raisons apparentes. Néanmoins, elle tenait le coup. Elle surmonta ces écueils à la jouissance de sa vie auprès de l'homme pour qui elle était faite. Les affaires de Mahini prospéraient. Il avait eu une promotion et nommé grand responsable de société d'Etat Sahel-Energie. Il avait même payé une voiture. La vie n'avait rien de mieux que ça. Dompihan était une épouse comblée. Elle n'en demandait pas mieux. Le reste de ses soucis de vie allait dans le sens de la maternité. Elle aurait voulu donner un enfant à Mahini en guise de signal fort d'amour éternel. Hélas ! Elle ne décidait de rien. Elle proposait, les décideurs décidaient comme bon leur semble. Ce fut un moment de flottement en elle-même. Son mari, lui, n'avait plus la tête à tout ça. Son travail était très prenant, il voyageait sans cesse. Il menait une autre vie dans son bateau des affaires. Mais cela n'inquiétait guère Dompihan. Elle comprit que pour le bonheur de leur couple, Mahini devrait le faire. C'était ça le mobile du vivre. Elle aussi devait se battre pour apporter sa louchée à la sauce de la famille. L'histoire du couple se déroulait ainsi avec des arrêts et des reprises, des hauts et des bas, des sourires et des amertumes à une certaine cadence séquentielle extraordinaire. Mahini, au terme d'une promenade solitaire, en nocturne, alla donner son nouveau véhicule à laver et à vidanger au garage. Etant à pied, il s'installa à une table en plein air, dans la buvette jouxtant le mur du garage auto, appelée Taxi Brousse. Il commanda une bière, se mit à boire. Peu de temps après, il vit arriver Julie, un sac à main brillant, une coiffure de fée, une démarche de miss, il se redressa tout de go. Il fixa la gonzesse, en la personne de Julie. Il la guetta ; elle alla s'asseoir à une table. Une servante vint la servir ; elles se connaissaient toutes. Elle se mit à boire tout en cherchant des yeux l'homme disponible sur les lieux. Mahini était seul. Il était tout nouveau sur les lieux. D'emblée, cela se remarqua. Les filles se mirent à communiquer. Ici et là, on l'indexa. La séduction se mit en place, tour à tour, elles défilèrent, rôdèrent autour de lui, question de se faire apprécier. La tentation était en marche. Mahini prit du plaisir à les observer. Julie braqua ses yeux sur lui. Dès qu'il leva la tête, leurs regards se croisèrent. Mahini se résolut à l'appeler, elle se leva avec son verre et l'addition, rejoignit la table de Mahini.

    - Vous m'avez appelée Monsieur ?
    - Oui, c'est par là, répondit Mahini, se mettant debout du même coup pour l'accueillir. Il frémissait d'ores et déjà.

Elle ne trouva rien à redire. Elle accepta l'invite. Il commanda, incontinent, la bière avec le gérant de Taxi brousse dès qu'elle s'assit à ses côtés apportant son éclat sur ladite table où le parfum de femme faisait tant défaut.

    - Excusez-moi Monsieur, je ne prends pas d'alcool. Pour le reste, je n'ai aucunement de préférence, rectifia Julie une fois assise cuisse contre cuisse avec Mahini.

À peine la précision faite, Mahini fit la commande avec insistance auprès du gérant, une seconde fois. Julie s'assit, ôta son voile, présenta un visage d'ange, Mahini ne se retint pas, s'écria fiévreux et extrêmement perturbé dans son équilibre d'homme.

- Vous êtes angélique. Il n'y a aucun mot qui puisse qualifier votre beauté unique.

Julie arbora un sourire de feu. Mahini se sentit brûler par le feu de son sourire incroyable. Il devint plus fiévreux, un peu trop excité, le cœur battant la chamade. Il resta cloué, immobile, toisant admirablement la fille, à la manière d'un débile. Il respira à demi-soupir, l'haleine sous forte pression.

- Merci du compliment, répondit-elle au terme de ce long sourire hypnotique qui laissa Mahini dans un état d'hallucination.

Le gérant servit tous les deux, ils portèrent un toast. Pendant ce temps, le garagiste emmena la voiture peugeot 307 de Mahini, la gara et lui remit les clés. Julie secoua la tête, jubila intérieurement et intensément. De nouveau, elle avait de la chance avec un homme riche comme elle aimait se les choisir.

- Je paie combien en tout demanda Mahini au garagiste la main droite enfouie déjà dans la poche.
- Quatre mille cinq cents francs.

Mahini sortit cinq mille de sa poche gauche, lui remit.

- La monnaie, c'est à toi. J'apprécie ton travail.
- Merci Monsieur. La prochaine fois, venez nous voir.

Le garagiste retourna à son travail, laissant les deux inconnus d'un soir, écrire les prolégomènes du chapitre de leur première rencontre.

- C'est à vous ça ?, demanda Julie curieuse de tout savoir sur l'homme en face.

Mahini leva la tête, se laissa orienter le regard par le doigt de Julie montrant la voiture. Puis, comme absent, il se mira dans l'éclat du bracelet de celle-ci, ébloui par la lampe de son regard, il baigna dans le parfum de sa voix.

- Oui, c'est bien à moi.
- C'est une merveille, votre voiture.
- Vous confirmez ce que mes amis m'ont déjà dit. Merci.
- Vous n'avez pas peur d'appeler les filles que vous ne connaissez pas ?
- Vous êtes mariée ?
- Non, c'est pour bientôt.
- Vous êtes une fille canon. Vous êtes ravissante, pour dire vrai. Comment aurai-je peur de vous appeler si vous vous tenez en si bonne place à Taxi brousse. J'ai suivi l'arc-en-ciel de ta présence ici. Vous êtes d'une très chère beauté.
- Ce n'est pas l'avis de mon futur mari.
- Ah bon ! Que pense-t-il de vous ?
- Il me trouve un peu falot, sans saveur, dégoûtante, sans fraîcheur, sans douceur. Un peu comme un bois mort.
- Est-ce que votre futur mari est normal ? Je veux dire dans la tête. D'ailleurs qu'es-ce qui vous pousse à vous marier à lui. Un homme qui tient pareils propos à votre égard ne vous aime pas. Même les fous savent bien apprécier les choses propres à la femme.
- Il est bien normal figurez-vous. Et pour vous répondre, avec la franchise du Christ, je l'aime. Peu importe s'il ne m'aime pas, moi.
- En face de vous, un homme normal ne peut jamais tenir un tel discours. Moi, vous me troublez, j'hallucine, je délire d'envie de savoir qu'est-ce qui se cache derrière la mélodie de votre corps, la couleur de vos baisers, la symphonie de vos caresses.
- Je vous cause autant de vertiges ? Vous êtes plutôt un habile séducteur que je n'en ai jamais rencontré. Un homme qui vous excite sans caresse, un homme qui fait gémir sans pénétration, un homme comme une drogue, un venin, une maladie contagieuse inévitablement.

Mahini secoua le pied, fixa la femme, but une gorgée, essuya ses lunettes, se déboutonna et soupira fortement. La femme se débarrassa de son voile complètement, remit sa chevelure à son niveau optimum de splendeur, le tout appuyé d'un sourire de fée et d'une exhibition ostentatoire de sa poitrine enivrante, aux formes bien proportionnées, sous sa chemisette hyper sexy. Mahini trépigna. Il avait du mal à contenir ses émotions. La bougeotte s'empara de lui. Il devint pervers, effronté, sans vergogne.

- Je suis ivre de vous. Sortez-moi de là, je vous en conjure. Sortez-moi de ce cachot d'amour. Je suis en détresse face à vous. Réagissez chère femme ! Réagissez ! Sinon, je crains que vous n'ayez sur vos bras un comateux.
- En quoi faisant Monsieur ?
- Je ne sais pas, peut-être en éteignant de votre eau ce feu qui me brûle. Je ne sais pas, c'est vous le médecin.
- Dans quelle clinique dois-je vous soigner ? Avez-vous une préférence ?
- Oui, à « Bobo c'est notre Paris », Villa 55a+.
- Etes-vous sûr de pouvoir payer toutes les ordonnances ?
- Pour ma santé, je n'hésiterai pas à faire le sacrifice. Alors, je payerai. Je payerai sans sourciller. C'est mon serment.
- Alors dans une heure. Ah ! Quel nom quand j'arriverai ?
- C'est vrai, tu m'as bouleversé au point de brûler toutes les étapes. Appelle-moi Mahini.
- Julie, je me prénomme.
- Julie ! Même ton nom fascine quand on l'articule.
- Dans une heure seconde pour seconde Mahini.

Julie ne finit pas son verre, elle l'abandonna et rentra chez elle. Mahini termina le sien, prit sa voiture, se rappela qu'il n'eut pas réglé l'ardoise, resta dans sa voiture sortit l'argent pour le gérant de Taxi brousse, n'attendit pas la monnaie, démarra et s'en alla ivre-content. Il stationna, après cinq cent mètres environ de parcourus, devant un super marché, jubila dans sa voiture, chantonna quelques notes musicales, descendit. Il alla dans le super marché, paya une bouteille de champagne, une autre de Martini, une autre d'apéritif, des bouquets de fleurs, des bougies, régla l'addition, ressortit et prit sa voiture. Il fit deux cents mètres, stationna au maquis resto « Revenez-y », commanda deux poulets, deux plats de poissons, régla la note, prit sa voiture et rentra à la villa 55a+. Il arriva devant la porte, le gardien ouvrit le portail, il rentra garer, déchargea ses emplettes, les emmena à l'intérieur de la villa en sifflotant. Il apprêta extraordinairement la table à manger, les bouquets de fleurs, bougies en guirlandes allumées. Il prit une douche rapide, se rhabilla en bon chic bon genre, se parfuma. La soirée était extra, l'humeur qui se répandait était celle de la nouba. Christophe le gardien, n'avait jamais vu un client aussi excité à l'égard de sa proie. Il en avait vu des gens rentrer et sortir. Certains eurent à se disputer violemment à l'intérieur de la villa 55a+ ; d'autres eurent à se quitter dialogue rompu. Christophe avait tout ceci en mémoire. Mais, le cas de Mahini venait enrichir les archives des choses agréables qu'il avait vues se passer dans la villa 55a+ en tant que gardien des lieux. A l'intérieur de la maison, Mahini s'impatienta, il sursautait à chaque moindre bruit, regarda par les fenêtres, tendit les oreilles, s'assit et se releva, alla se mirer, réajusta sa cravate, revisita la table du dîner qu'il eut aménagée, consulta chroniquement sa montre, dans ses va et vient incessants de la chambre au salon. Il aménagea le lit avec soins. Il attendit au salon assis dans le divan. Il était extrêmement pensif. La porte s'ébruita entre temps, quelqu'un l'ouvrit, il sursauta, alla à la fenêtre, vit Julie avec sa moto en compagnie de Christophe, le gardien de la villa 55a+. Elle s'emmena, frappa à la porte, une fois, Mahini n'ouvrit pas, une deuxième fois, celui-ci se rapprocha de la porte tout en sourire, une troisième fois, il ouvrit enfin.

    - Entrez s'il vous plait. Vous êtes troublante et fascinante Julie.
    - Bonsoir Mahini. Tu es beau comme un habitant du ciel. Beau comme Dieu. Sans aucun doute aussi généreux que lui.
    - Ah oui c'est ça. Bonsoir, Julie. Tu me rends un fou achevé.

Mahini essaya de l'embrasser, son élan était pris, ses lèvres prêtes à savourer ce qu'il s'imaginait au départ. Julie choisit le suspens.

    - Pas si vite mon cher Mahini.
    - Excusez-moi, asseyez-vous. Vous êtes fatale et irrésistible.
    - On se tutoie. C'est plus excitant n'est-ce pas, Mahini ?
    - Oui, c'est plus poétique. Tu es l'invitée, en même temps l'hôtesse de la soirée, ma beauté du troisième millénaire.
    - Que dois-je comprendre par là ?
    - Tu es la princesse, je suis le prince, occupe-toi du dîner. N'oublie pas que ça se passe à « Bobo c'est notre Paris ».

Ils pouffèrent de rires, s'embrassèrent pour une première fois. Julie posa son doigt sur les lèvres de Mahini, les caressa, celui-ci ne tint pas le coup, la souleva de force dans ses bras, elle protesta.

- Pas si vite, dit-t-elle. Laisse l'incendie en nous prendre de l'ampleur. Laisse ton soleil s'élever jusqu'au zénith, la cloche sonnera plus fort. Alors, pose-moi amoureusement sur la chaise de la table à manger. Vois-tu, tu as inversé les rôles. C'est à toi de s'occuper du dîner à présent. Je suis l'invitée, tu es le prince, initiateur de la soirée.

Mahin la posa d'un geste maîtrisé et souple dans la chaise, assura le service de la table bien garnie. Il ouvrit la bouteille de champagne. Ils la dégustèrent avant de dévorer les poulets. Peu de temps après, Mahini servit le poisson, puis servit deux verres. Réciproquement, ils se donnèrent à boire et à manger. Julie but trop au goulot, elle se mit à toussoter, Mahini lui servit un verre d'eau. Elle but, et alla mieux. Ils jouèrent ensuite, à vouloir boire dans le même verre. Au lieu du verre, leurs bouches se croisèrent. Doucement, Mahini retira le verre de Julie, le déposa avec le sien sur la table. Ils s'embrassent fougueusement, les meubles de la maison se cognèrent, un bruit hétéroclite se dégagea. Il prit Julie dans ses bras jusque dans la chambre. Là, ils se firent une connaissance intime comme à jamais. Mahini se posa sur son lit, épuisé comme un bûcheron. Julie se revêtut du drap, se fit prendre dans les bras de Mahini. Le sommeil était à l'honneur. Un temps de prière s'écoula, Julie sauta du lit, alla dans la douche, Mahini se leva et la rejoignit. Ils prirent la douche dans l'intimité, rejoignirent la chambre, puis ressortirent au salon. Julie prit son sac et revint dans la chambre, sortit son trousseau de maquillage, se parfuma, puis se mit débout le sac sous l'aisselle.

- Où vas-tu si vite ?, demanda Mahini.
- A la maison. N'oublie pas que j'ai un futur mari qui m'attend même s'il ne m'aime pas.

Mahini la suivit au salon, la prit par la main, ils se regardèrent face à face. De nouveau, ils s'embrassèrent. Le rythme cardiaque s'accéléra de chaque côté, le sang monta dans les nerfs, les corps s'agitèrent. Que ce fut merveilleux ! Leurs regards étaient pénétrants et leur engagement sans réserve. Incroyable semblait penser chacun.

- Veux-tu m'épouser Julie ?

Julie se retourna, s'en prit à ses oreilles, se demandant si elle avait bien entendu. Elle revint vers Mahini.

- Que dis-tu, Mahini ?
- Je te demande de m'épouser. Veux-tu ? J'ai une femme, mais cela n'est pas bien grave. Peux-tu m'aimer comme tu aimes l'autre. Cet homme sans goût, sans expérience, sans talent, sans cœur d'amour pour une femme au-delà de tout éloge.

Julie n'attendait que cela de la part d'un homme comme Mahini. Elle ne s'en revint pas. Elle pleura simplement de joie. Son histoire de mariage était tout inventée. Elle était chasseresse infortunée de foyer. Elle essuyait des revers dans ses rêves de fusionner sa liberté avec celle d'un homme pour une vie commune. Elle n'avait pas le caractère voulu des hommes. Autoritaire, elle poussait le plus souvent le bouchon jusqu'aux extrémités. Son dernier scandale remontait à très peu de temps. Lequel scandale conduisit Richardo, un expatrié à rompre avec elle, la veille de leur mariage dont les commandes de la réception étaient lancées, les invités présents. Trop jalouse, elle confondit la mère de Richardo à sa nana. Dès son arrivée de l'aéroport, elle l'a prise à partie, la traitant sans réelle considération et refusant qu'elle dorme avec eux chez Richardo. Résultat, le mariage tomba à l'eau. Richardo devrait choisir, entre sa mère et elle. Celle-ci menaçait de reprendre le prochain vol quelle que soit l'heure. Le doigt de Julie refusait les bagues de fiançailles ; elle était à son quantième bague de fiançailles rompue, à son quantième rêve de se voir revêtue d'une belle robe de mariée. Elle était à son quantième rêve d'une lune de miel dans un coin aux couleurs de l'éden ; elle était à son quantième rêve de brandir avec joyeuseté les cadeaux de mariage des amis et des parents. Elle était à sa quantième fois de recommencer le tout au début. Ce rêve majeur était chaque jour son projet le plus important qui vaille. Les hommes, elle en avait pris comme des comprimés. Elle connaissait ceux qui lui causaient des effets secondaires et ceux à qui, elle-même causait des allergies jusqu'à l'insomnie. Taxi Brousse, était un maquis pas comme les autres. Taxi brousse, était le lieu de l'égalité parfaite des sexes. A Taxi brousse, les femmes venaient seules et repartaient avec un homme sous leurs jupons. A taxi brousse, les hommes venaient seuls, et repartaient, le doigt bagué ou encore avec une femme pour passer une nuit d'étincelle dans les bras feu follet d'une nana péchée dans les eaux troubles du maquis. Un maquis qui était sous le feu de la rampe à l'époque. Un maquis au goût de revenez-y. Un maquis des fanatiques de belles créatures. Un maquis de gens de classe, très fiers de leur perversité. Il accueillait les européens, des asiatiques, des américains notamment les africains les plus nombreux. Son décor, était constitué de silhouettes féminines et masculines, de bouteilles d'alcool sur les tables et de quelques mendiants venus quémander l'aumône. Le style de ses filles était particulier. Chaque fille était unique. Chacune avait une coiffure différente des autres. Elles s'habillaient, qui à la garçonne, qui à la française, qui à l'américaine. Elles parlaient à l'européenne ; elles marchaient à l'asiatique ; elles se servaient de l'aquarelle pour mieux incarner la peau des gens que chacune imitait. D'emblée, il était difficile de reconnaître les origines d'une fille, si l'on ne se référait pas au teint ; blanc sale, couleur café au lait. Il y en avait de très belles, de belles et de moins belles. Leurs projets souvent étaient divergents. Il y en avait qui cherchaient du fric, d'autres chercher un foyer. Julie était de celles-ci. Elle cherchait un foyer. Elle avait assez de supporter le sperme des hommes au prix de quelques liasses. Elle avait mal en son cœur. Elle était décidée à saisir toutes les chances de mariage qui viendraient. Elle avait assez réfléchi. Elle n'était plus la très jeune fille, mignonne et naïve que les hommes aimaient tant. Elle avait de l'expérience. Elle savait poser des questions. Elle avait une vision. Elle avait grandi dans la foulée de cette folie d'accroc de la belle vie facile. Sa joie d'entendre de telles propositions se justifiait pleinement.

    - Oui, j'accepte ta proposition. Dis-moi seulement quand, je viendrai avec toi.
    - Cette nuit même. Nous rentrerons ensemble à la maison.
    - C'est d'accord. Je ne te quitterai plus. Nous rentrerons ensemble.

La même nuit, Mahini devint polygame. Il rentra avec Julie. Dompihan l'accueillit comme une étrangère, digne de toute l'hospitalité dont elle était capable. Il était question de l'hôte de son mari. Elle se montra sympathique avec Julie. Elle l'installa, lui servit le repas. Tout comme Mahini, elle refusa de manger. Ils avaient déjà mangé en venant arguèrent-ils. Dompihan ne broncha pas. Elle s'assit attendant que Mahini lui présente officiellement Julie. L'étrangère qui était arrivée tardivement, presque sans bagages en plus. Le silence fit place. Dompihan regardait la télévision. Les yeux de Julie faisaient le tour des recoins de la maison. Dompihan l'observait. Julie était tout épatée de découvrir la superbe villa d'habitation de Mahini. Elle en était séduite, et plus attirée par la maison que l'homme. Mahini, lui rongeait les ongles. Il regardait à la dérobée sa femme. Il tournoyait. Il ne savait pas par où ouvrir ce chapitre. Julie ne tarda pas à jeter l'huile sur le feu, en habituée de scandales.

> - Chéri, où est notre chambre ? J'ai sommeil, tu m'as trop fatiguée à la villa 55a+.
> - Ton chéri ! Mahini, as-tu entendu ce qu'elle vient de dire ?

Mahini baissa la tête, Dompihan vint se mettre devant lui.

> - Mahini, réponds-moi ! As-tu entendu ce que ton étrangère vient de dire ?
> - Oui, je l'ai entendu. C'est vrai ce qu'elle a dit. C'est ta coépouse à partir de maintenant. Accepte-la, je te le demande.

Dompihan se laissa tomber, hébétée dans son fauteuil. Mahini et Julie sortirent s'installer dans la maison d'à côté, celle des hôtes. Elle n'eut même pas de larmes. La surprise assécha, tarit d'un coup ses larmiers. Incroyable ! La nuit fut très sombre pour elle. Par mille fois, elle se demanda de quoi était-elle coupable. Qu'avait-elle fait pour se voir remercier de cette façon ? Hélas, elle n'avait plus d'autre choix. Repartir chez Vini serait la pire des ignominies. Repartir chez Vini équivaudrait à un suicide ; elle se résigna à accepter cette situation, en faisant du silence son arme principale. Elle se terra dans cette situation, sans jamais crier haut et fort son amertume, bien évidente. L'arrivée de Julie mit fin à son droit d'avoir son mari dans son lit. Elle préparait seule. A table, elle était seule face à ses plats. Dans son lit, seulette, elle essayait de courtiser chaque nuit, le sommeil. Vu cela, elle décida de se battre autrement. Cela rapprochera peut-être son mari d'elle. Elle se mua en femme battante. Elle se donnait à fond dans ses propres initiatives. Elle vivait comme une femme seule, capable de se prendre en charge ; elle y parvint. De plus en plus, les mains s'élevaient pour l'applaudir. De plus en plus, elle était sollicitée pour offrir ses services dans le domaine très concurrentiel de la mode. Cela la réussit à merveille ; elle réussit à oublier la blessure ouverte dans son cœur. Un soir, elle rentra à la maison, son mari était là, assis tout près de sa deuxième femme Julie. Elle descendit de sa mobylette, avança vers la porte de sa maison à elle. Les regards se projetèrent sur elle comme des lampadophores. Sa coiffure exceptionnelle troubla Mahini. Il la regarda, captivé, soupirant, rentrer dans sa maison. Sa Julie, très irritée, la jalousa. Elle se retira subito dans sa cuisine. Mahini, lui, la regarda sans marquer d'arrêt, puis il la rejoignit en catimini. Celle-ci s'en étonna. Aussi, elle ne le cacha pas, elle le dit tout de go.

- Qu'est-ce que Monsieur vient faire ici ? Il n'est pas l'heure pour que tu viennes te défouler, hein.
- Pourquoi m'accueilles-tu sur un ton amer ? Je crois que tu es une femme excellente, très belle, très charmante. Vois comment tu es, très attirante. Je ne sais pas ce qui m'arrive.
- Si tu te contentes de croire que je suis attirante, viens une autre fois. Je sais que ta femme ne va pas te le permettre, tu la connais bien mieux que moi. Et puis, sache sans détour que j'ai un rendez-vous hautement important. Je ne serai à toi que la nuit. Bien sûr, si tu arrives à voler le temps pour ça. N'est-ce pas ignoble qu'un homme se cache pour draguer sa propre femme, Monsieur ?

Mahini, son mari, ne répondit pas. Dompihan sourit, se mit à changer ses vêtements sous les yeux dévorants de son mari, visiblement blessé au cœur. Finie la mise, elle se chaussa. Fini cela, elle se fit un maquillage des grandes kermesses. Elle était coquette et fascinante après tout. La blancheur de ses dents donnait des vertiges, la luminosité de son sourire aveuglait. Mahini, se mit à trembler. Il ne savait plus comment ressortir. Il avait grandement peur de Julie. Il hésita, sans force, le front en sueur, le cœur battant, la conscience talonnée par le remords d'être un mâle incapable. Dès l'instant qui suivit, Julie l'appela.

- Mahini ! Mahini !

Il ne répondit pas. Elle quitta la cuisine, entra dans la maison avec une assiette en main. Mahini profita de cela pour sortir en courant de chez Dompihan; il alla droit dans les toilettes, puis ressortit en faisant semblant de mettre les boutons de son pantalon. Il le fit doucement, juste pour que Julie sorte le voir, en train de le faire. Il avança vers elle, les boutons toujours en phase d'être mis. Dès que sa Julie ressortit de la maison, il s'empressa de lui demander.

- Oui chérie, tu m'appelais ?
- Oui. Mais où étais-tu ?
- Dans les toilettes, ne me vois-tu pas en train de mettre mes boutons. Puis-je savoir pourquoi tu m'appelais ?
- Va me piler le soumbala. Il y a le piment et les oignons dans le petit panier. Hâte-toi, j'en ai besoin immédiatement.
- Avec plaisir, ma fleur de lotus. Tu auras tes ingrédients tout de suite.

Julie lui apporta un mortier, un pilon, du soumbala et du piment frais. Mahini se mit à piler. Dompihan finit de s'habiller, jeta un coup d'œil dehors, vit Mahini en train de piler des choses, éclata bruyamment de rire, son mari arrêta de piler, admira au contraire sa mise très superbe. Dompihan ne le regarda pas ; elle franchit le seuil de la porte. Mahini se leva, regarda la direction qu'elle avait prise. Puis, il revint en courant continuer de piler le piment. Il larmoya en pilant à cause du piment et les oignons, il toussa aussi. A cause de cela, il s'enrhuma incontinent. Il se leva, pour aller se moucher, sa femme sortit de la maison.

- Où vas-tu Mahini ?
- Me moucher, Madame.
- Fais vite, voyons !

Mahini alla se moucher jusqu'au dehors. Quand il eut fini, il revint continuer à piler. Il ne tarda plus. Il pila un instant, emmena les choses pilées à sa femme dans la cuisine. Aussitôt cela fait, il ressortit, le cœur serré se mettre lourdement dans une chaise à rêver de Dompihan, sa femme qu'il avait du mal à aimer à cause de Julie. Il avait l'air malheureux. Son regard meurtri le démontrait. Sa gesticulation incontrôlée en était l'expression atypique de son ras-le-bol. Seulement, il n'avait pas suffisamment de couilles pour sortir de cette impasse dont il était l'artisan incontesté ; la taille de son remords était inestimable. Sa vie de dompté le dégoûtait à jamais. Le poids de ses malaises pesait sur ses épaules. Aucun rêve vivant ne germait en lui. Retrouver l'amour de Dompihan semblait être sa préoccupation inexprimée, mais bien ardente au fond de ses pensées auxquelles, il donnait libre cours.

Malheureusement, à cette heure-là, Dompihan stationna devant la porte de l'agence Top beauté, en charge de recruter des mannequins en vue d'un défilé de mode à l'échelle du pays. Elle descendit au seuil du portail, poussa sa moto vers l'intérieur, un jeune homme assis à l'entrée, se leva, prit sa moto, la gara parmi les engins, sous un hangar en taule. Le fakir à côté de lui versa son thé sur le bord du verre sans le savoir, à force de la regarder. Le gardien qui arrosait les fleurs laissa son seau débordé d'eau sans se rendre compte. Le couturier des tops modèles pédala sa machine à coudre dans le vide. Celui qui faisait la coupe découpa sans normes les tenues. Dompihan resta ébahie, personne ne l'accueillit de suite. Elle eut du mal à comprendre qu'elle faisait de l'effet sur tout le monde. D'où leurs attitudes pleines de bizarreries. Elle continua dans la maison. Les uns et les autres sortirent de leurs états, chacun reprit sa tâche, avec douleur. Chacun fit litière à ce qui venait de se produire. Ils se contentèrent de se regarder à la dérobée, sans vomir la moindre parole. Dompihan fit son entrée dans la maison. Le chef et son adjoint se mirent debout. Ils la regardèrent tour à tour ; chacun inspira profondément ensuite. Elle arbora un sourire angélique, en passant exprès, sa main dans sa chevelure tombante.

- Bonjour, Messieurs, dit-elle, après les œillades, ici et là.
- Bonjour, Mademoiselle, répondirent les deux hommes à la fois, dans leurs attitudes pleines de simagrées.
- C'est bien ici que se font les inscriptions pour le défilé de mode ?
- Oui c'est ici, asseyez-vous, on vous prie, dirent encore les deux hommes, visiblement ébranlés par le charme exubérant de celle-ci.

Après un bref instant écoulé, ils s'étonnèrent de leur réactions, se regardèrent comme des repentis, les yeux de honte mis à nu, et les visages d'hommes séduits semblables à des portraits.

- Je suis vraiment intéressée par le défilé que vous organisez. Seulement, j'ai peur du casting. Ce truc me fait des sensations de tension de nerf.
- Vous n'avez pas besoin de casting, vous collerez à tous les modèles, rassura l'adjoint au chef de l'agence.

Le chef d'agence en personne resta confus. Il ne voulait pas être le dernier à confirmer cela. Dompihan, il est vrai, était un top modèle. Elle avait la taille requise, sa corpulence était comme sortie d'un moule taillé à cet effet. Elle avait une démarche naturelle très propre aux mannequins. Toutes ses qualités faisaient d'elle, le mannequin rêvé pour ce défilé dont l'éventail de sponsors avaient des goûts très fins. Néanmoins, il finit par se résigner à corroborer, en président des jurés, le point de vue avisé de son adjoint.

> - Je confirme ce qu'il dit. Nous vous épargnons du casting. Nous allons bâtir d'ailleurs nos critères de sélection sur vous.
> - Ah bon ! Je suis très flattée de l'apprendre. Moi qui avais si peur d'échouer la phase test.
> - Nous allons vous inscrire. Quel est votre nom ?
> - Dompihan de Lolo.
> - Quel superbe nom, et quelle beauté en plus.
> - Le pensez-vous ?
> - C'est un avis de spécialiste.
> - Croyez-le, sa femme vous ressemble comme deux gouttes d'eau, confessa l'adjoint au chef de l'agence top beauté.

Le chef d'agence froissa la mine. Les propos de son adjoint, n'étaient pas les bienvenus. Il était très agacé, à le voir. Mais, il dut ruminer sa colère par le truchement d'un regard vachard à l'endroit de l'auteur de ces propos indigestes. Tout de suite, celui-ci prit toute la mesure. Il se tut comme s'il eut fait le serment de ne plus parler. Ce qui améliora l'humeur de son chef, de sorte que Dompihan ne se rende compte de rien.

> - Je repasse quand ?
> - Laissez-nous votre contact téléphonique, dès qu'on aura besoin de vous on vous appellera.
> - Je n'en ai pas, dites-moi seulement quand, je viendrai en personne.
> - Revenez donc dans une semaine, jour pour jour.
> - Merci. Je serai au rendez-vous. Au revoir.
> - Au revoir Dompihan de Lolo.

Ils se bousculèrent à la porte pour la voir partir. Puis, ils s'assirent, silencieux. Chacun rêvait de son côté, en compagnie de l'ombre de cette fée. Le chef, lui, se vit avec elle à l'hôtel le long d'une soirée et l'adjoint, lui se voyait en train de se marier avec elle à l'Eglise. Il sourit niaisement de joie. Le bruit d'un pétard qui explosa dans la cour les ramena à eux-mêmes, dans la panique. Cela fit rigoler les gens dehors. Ils comprirent que c'était du rigolo dehors. Ils reprirent les choses là où elles étaient, avant l'arrivée chamboulante de Dompihan de Lolo. Le chef resta silencieux, son adjoint, lui jetait des coups d'œil furtifs ici et là. Il sentit en lui l'envie de parler. Il essaya de retarder son intervention, son chef ne faisait pas attention à tout cela. Padi Fédi ne réussit pas à se contenir, il le fit savoir.

    - Chef, comme tu es marié…
    - Marié ! Ça fait quoi ici ? Ne répète plus ce mot ici. On t'a dit que les hommes mariés sont des aveugles après leur mariage.
    - Non. Mais ça devrait l'être.
    - Figure-toi que tel n'est pas le cas. Le mariage n'est pas une cause connue de cataracte pour les mariés.
    - Je sais que tu ne veux qu'une ou deux nuits avec elle. Moi, par contre, je veux la garder entièrement. Vois-tu, mon projet est noble.
    - Nous sommes associés dans les affaires mais du côté des jupons, nous ne pouvons pas nous associer. Quand on veut une femme, on se bat pour elle. Ne pleurniche pas pour qu'on te la laisse.
    - Merci pour ton évangile.

Le chef d'agence resta là, embarrassé. Son adjoint alla se mettre au travail. Le chef fit de même. Le silence qui régna en disait long sur ce qui était advenu. Personne n'osa se l'expliquer. Tout resta confus et indicible. Pour une fois, le tandem des associés de la mode était mis à rude épreuve. Chacun, fit en silence son mea culpa. Chacun se remit en cause, chacun regretta discrètement son écart de conduite vis-à-vis de l'autre. Ce fut en silence. La passion Dompihan était ardente néanmoins. Le rendez-vous donné aux mannequins pour les répétitions du défilé s'annonçait à grands chants. On n'était plus qu'à deux doigts. Les cœurs des deux collaborateurs commencèrent leurs battages. La peur d'être victimes de nouveau du charme de Dompihan de Lolo les affligeait. Sa présence eut été la plus attendue mais elle-même était redoutable de par son syndrome de beauté hallucinante et déstabilisante. Des deux choses il n'y avait aucune marge de choix. Sa présence était plus que nécessaire. Alors, ils durent s'armer de courage pour affronter l'effet Dompihan. Le jour indiqué arriva. Les mannequins répondirent au rendez-vous avec engouement. Dompihan était là. Sa beauté aussi l'accompagna à ce lieu de rendez-vous. Fredy, le chef de l'agence Top beauté, résista. Son adjoint, Kafa, lui préféra, jouer les absents. Fredy, après le contrôle des présences des filles inscrites effectivement, prit la direction des mannequins. Il les fit répéter en vue d'opérer le choix des meilleurs mannequins. Le casting était serré. Nombre de mannequins ne correspondaient pas au profil demandé. Il eut beaucoup trop de déceptions pour les filles ajournées et de joie pour les élues. L'atmosphère était tendue. Les filles ajournées s'en prirent au directeur du casting. Et surtout, à son manager, Pierre Paul dit l'impresario. Les injures fusèrent. La tension monta. Le brouhaha était inénarrable. Les scènes étaient autant comiques que dramatiques. Ce défilé était d'exception. Toutes les filles voulaient être présentes sur le podium ce jour là. La victoire n'était point individuelle. Ici, et jusque-là, dans les défilés, elle avait toujours été collective, avec un étalage du potentiel en matière de beauté dans la cité des cotonniers. Après ces moments tendus, Le chef d'agence parvint à calmer les esprits. Très furieuses les filles durement éprouvées par leur échec, quittèrent incontinent les lieux. Peu à peu, le climat de tension s'apaisa. On dut même interrompre les essais de tenues pour le deuxième passage. Le filtrage était assez sévère. Dompihan était à l'origine. Fredy la voyait comme baromètre. Ce fut alors très dur de trouver des filles qui arrivaient de loin à sa cheville. On dut opter de faire avec. Auquel cas, on aurait chassé toutes les filles présentes. A la fin de la soirée de tri des meilleures beautés qui pourraient exister dans la cité des cotonniers, Fredy retint une liste de quinze filles, toutes aptes à faire le travail attendu d'elles ce jour là. Les mannequins retenus regagnèrent leurs chez soi. Rendez-vous était pris au préalable, pour le lendemain afin de peaufiner les gestes, les démarches. C'était le soir, le lendemain. Les mannequins s'activaient pour répondre au rendez-vous. Aucun retard n'était envisageable du fait que les places se vendaient chèrement. A moins de l'heure, Dompihan sortit pour aller au défilé. Son mari assis à la porte de Julie, la lorgna du coin de l'œil. Elle sortit sans daigner dire où elle allait, Mahini, son mari se leva, prit un vélo pour la suivre. Julie était sortie avec sa voiture. Il suivit Dompihan de loin. Elle arriva, entra dans l'agence Top Beauté. Son mari la perdit de vue. Néanmoins, il suivit les traces de sa moto. Plus tard, il perdit les traces. Il alla de maquis en maquis, mais les traces étaient comme effacées sur son chemin. Déçu, Mahini se retourna. En longeant le mur de l'agence, il entendit une voix.

- C'est bon Dompihan. C'est même très excellent. Hé, les filles, prenez exemple sur elle.

Il s'arrêta, descendit de son vélo, marcha en catimini, entra dans l'agence. Arrivé, il se blottit dans un coin pour observer Dompihan défilé en répétition. Il fut fasciné par le défilé de sa femme, il ne fit attention à rien. Un voleur vint prendre son vélo et, s'en alla. A la fin du défilé, il s'aperçut désagréablement, que son vélo avait disparu. Il s'affola et s'enfuit à la maison. Il avait peur de sa Julie, sa femme restée à la maison. Dompihan ne sut pas que son mari était là. A la fin de la séance, elle rentra chez elle. Mahini, lui était mis devant le tribunal de Julie. Il s'expliquait sur la perte de son vélo. Elle fit son entrée sur ces entrefaites. Elle freina, écouta les confessions boiteuses de son mari. Puis, elle continua dans sa maison, en pouffant de rire. Ce qui mit Julie hors d'elle-même. Elle somma Mahini de la remettre à sa place. Mahini n'obtempéra pas. Cela fit accroître sa colère. Elle se gonfla, puis entra en transe de colère. Mahini la consola difficilement. Néanmoins, il parvint. Ils regagnèrent leurs couchettes. La nuit fut très courte pour Dompihan. Parce que le défilé était le lendmain. Elle passa une nuit pleine de tourmente. Elle entretenait le sacré rêve de ne pas échouer le jour du défilé, devant les spectateurs du genre très connaisseurs. L'hymne de l'aube s'entonna via les chants des coqs. Quelques lueurs pénétraient déjà dans les bâtisses via les fenêtres. Les lève-tôt vaguaient déjà à leurs besognes. Le jour n'était plus qu'à deux doigts. Le soleil, lui, tissait sa toile rouge sur les parois de l'horizon. Tout était pourpre. Les nuages colorés enjolivaient la vue matinale. Le temps frais dopait d'énergie les braves gens déjà investis dans le dur labeur. Les femmes, ici et là, allèrent aux puits. Les seaux faisaient cette musique propre à la corvée eau des temps de chaleur. Ici et là, petit à petit, le monde se remit sur les pieds. La cité debout, prit son sens de ville d'ambiance à quelques heures du défilé. Dompihan ne paressa pas sur son lit. Elle sauta, pleine d'énergie et de motivation démontrée, sur les pieds, se mit à faire le travail journalier propre aux femmes de ménage. Elle s'acquitta de son devoir conjugal. Elle prépara à manger. Même si, au fond, elle sera seule face à ses plats. Elle n'en rougit guère. C'eût été une habitude pour elle. Mais là où le bât blesse, ce fut l'absence d'enfant. Elle n'avait pas d'enfant. Depuis son premier fils, de son premier mariage, elle n'eut plus aucun. D'ailleurs, Mahini ne dormait plus chez elle. Il ne la regardait plus comme une femme. Comment pouvait-elle avoir d'enfant. Elle serait la plus comblée de ce mariage si elle avait eu au moins un enfant.

Brusquement une jeune fille fit irruption dans la cour, elle était en larmes, portant sur son dos un enfant de quelques mois d'âge. Julie accourut vers elle. Les deux se blottirent l'une contre l'autre. Julie se mit à pleurer. Tout de suite, l'espace devint triste. Mahini ne comprit pas grand-chose. Dompihan, aussi, cherchait à comprendre le pourquoi. Julie fit asseoir la jeune femme, lui donna de l'eau à boire. Elle fit boire d'abord son enfant, ensuite, elle but le reste de l'eau. Julie vint auprès d'elle. Les oreilles curieuses de Dompihan et Mahini se tendirent pour comprendre ce qui d'horrible arrivait à une si belle jeune femme. Alors, elle se mit à égrener le chapelet des faits. Elle était une victime parfaite de l'amour. Elle avait jeté son dévolu sur un jeune, du nom de Sahla. Sahla était dans un coin du monde, assis. Et Habin, la jeune fille, mère d'un garçonnet d'environ cinq mois, ne savait plus où il était. Or, elle avait aimé Sahla à l'aveuglette. Elle s'était muée en une fille aux mœurs légères le long d'une nuitée, pour faire le petit bonheur de Sahla. Elle l'avait aimé plus fort, parce que domptée par les penchants d'amour éternel de l'homme qu'elle avait rencontré sans calcul. Elle l'avait fait contre vents et marées. Puisqu'un pan de la société que constituait sa parentèle n'eût voulu de leur liaison jugée honteuse. Sahla était vu comme un home-pouce, un prolo, vassal qui ne méritait pas de faire partir de leur famille, si toutefois il entrait dans la vie de leur fille. Mais Habin s'était démarquée de sa famille. Selon elle, toutes ces considérations étaient obsolètes. Pour cela, elle essuya des bastonnades. Mais en vain. Elle connut des infortunes diverses. Mais inutilement. Sahla l'avait marqué au cœur à jamais. Ses yeux étaient braqués définitivement, sur l'homme vers qui le destin l'eût conduit. C'était là sa ferme conviction. Cet entêtement sans précédent lui valut la désolidarisation de l'ensemble de ses parents. Même Julie, sa grande sœur, lui avait décommandé cette relation qu'elle jugeât maudite. A l'époque, Habin n'avait pas d'oreilles pour intérioriser les sermons et autres cours de morale. Elle fonça dans le droit fil de son objectif. Elle en fit à sa tête en faisant fi de tout. Vu son acharnement avec Sahla, sa famille entière plia l'échine. Le conseil de famille se remit en cause. Sahla fit toléré de rentrer dans la vie de Habin. Ce fut l'immense révolution dans les mœurs de sa famille. Sahla en était le plus gros bénéficiaire. Le père de Habin, prit les deux gamins en main. Il ne voulait pas risquer l'avenir de sa fille. Alors, il s'engagea à veiller sur les études des deux amoureux. Sahla, lui, n'avait pas de famille. Ses parents avaient démissionné. Les études de leurs fils étaient le dernier de leurs soucis. Sahla étudiait par des coups de grâce. Le père, de Habin était très préoccupé par l'avenir à eux. Il misait sur leur mieux-être. La tension d'alors s'estompa. Tous revinrent à d'excellents sentiments vis-à-vis de Sahla. Habin en était heureuse. L'espoir de voir à l'avenir leur union grandir et prospérer, grandissait dans les cœurs et dans les esprits. Rien ne faisait rempart à cela à vue d'œil. Tout était mis en œuvre afin de tendre vers cet idéal. Les efforts de tous se conjuguaient à cet effet. Sahla était un membre à part entière de la famille princière de Bazakuy. L'opinion collective était déjà familière à cela. Ainsi les choses étaient restées là. Le temps avait couru. Les choses avaient évolué. L'espérance avait grossi. Les études des deux amoureux prospéraient. Sahla mieux que Habin. Elle était à la traîne, un peu par rapport à Sahla. Mais cela n'inquiétait guère le père de Habin. Il était plus rassuré que l'avenir de sa fille ne connaîtra point de trou, surtout tant qu'il sera en vie. Il se battait pour cela. Il priait continuellement aussi à cet effet. Hélas ! De façon inattendue, un soir, pendant que Habin et Sahla étaient en classe, on les fit appeler. D'après le surveillant, on avait besoin urgemment d'eux à la maison. Le malheur avait frappé au mauvais endroit. Ils se dirigèrent vers la maison, à quelques lieux de là, ils entendirent des pleurs. Tous deux se mirent à courir, à l'arrivée, la nouvelle, était assommante. Le père de Habin venait d'avoir la croix de bois suite à un arrêt brusque du cœur. Il en souffrait depuis belle lurette. Ce fut un vrai coup de massue. Les deux amoureux pleurèrent, inconsolables. Les forgeronnes les calmèrent péniblement. On dut les retirer loin de là. Mais peine perdue. Leurs larmiers étaient comme des fleuves débordés. Le mal torturait. La douleur était géante comme une montagne. Le vide autour d'eux était profond comme un puits sahélien. Ils étaient comme perdus dans la vie. Néanmoins, de cette chute, une première, ils se relevèrent quoique difficultueusement. Ils rattrapèrent tant bien que mal ce qui pouvait l'être. L'année scolaire en cours, fit les frais chez Habin. Elle redoubla. Sahla lui, réussit à franchir le cap de la classe suivante. A la fin de l'année, on lança les concours directs de recrutement des travailleurs du secteur publics. Sahla ne disposait pas d'argent nécessaire. Habin était son premier et dernier recours. Celle-ci n'en avait pas cette fois-ci. Néanmoins, elle promit à Sahla, de lui trouver cet argent pour sa demi- douzaine de concours qu'il projetait faire. Elle avait sa petite idée. Elle alla voir, Monsieur Téwa, un très bon ami de son père de son vivant. Ce dernier posa des conditions pour lui offrir son aide. Prête à tout, Habin ne réfléchit pas par deux fois. Ainsi, Téwa murmura dans ses oreilles, tortura impitoyablement ses seins, accabla ses lèvres, pressa son corps de sa masse d'éléphant avant de gazouiller au travers de ses cuisses. Et comme par miracle, le lendemain matin, elle remit l'argent qu'il fallait à Sahla. Ce dernier ne se posa pas de questions de savoir où elle l'avait trouvé. Il était seulement fier d'elle. Il fit ses dossiers. L'heure de composer arriva. Il alla se faire administrer les épreuves prévues à cet effet. Après, il revint tendre l'oreille. Habin et lui priaient plus que jamais qu'il soit admis à un des concours. Les choses s'étaient dégradées avec la disparition du père de Habin. Au bout de trois mois d'attente lassante, les résultats tombèrent. Sahla était admis au concours des infirmiers d'Etat. Habin crut à une fête grandiose, une vraie kermesse. Elle n'avait plus de remords sur son comportement. Elle croyait plus que jamais que cela en valait la peine. Tout de suite, les deux amoureux décidèrent de faire un enfant. Cette idée était de Sahla. Il en était jaloux de partir laissant Habin derrière lui. Celle-ci n'eut pas pu le contredire. Sahla alla à sa formation laissant Habin avec une grossesse de deux mois. Fin de l'histoire. Depuis ce jour, Sahla disparut de la vue de Habin. Elle attendit en vain. Elle resta l'ayant droit de la pauvreté de Sahla. Elle était contaminée, à jamais, par la pauvreté. Même étant riche d'un enfant déjà condamné à vivre une enfance malheureuse. Poussée jusqu'au bout de sa patience, vu la désolidarisation du reste de sa famille, elle prit son courage pour rejoindre sa grande sœur. La seule qui, même si, elle n'avait pas approuvé sa liaison avec Sahla, était restée très conseillère à son égard. Ce récit fut éprouvant pour tous. Dompihan, hocha les épaules. Puisqu'elle avait son lot de femme délaissée à gérer. Elle se retira chez elle, pour continuer ses préparatifs. L'heure de la cérémonie avançait. Les mannequins étaient attendus quelques heures avant le début des hostilités. L'heure du défilé n'était plus qu'à quatre bonnes heures. Dompihan se rendit à l'agence Top Beauté. On les emmena par un car sur les lieux. Les entrées étaient timides d'abord. Les mannequins répétèrent rapidement. Peu de temps après, la salle de spectacle s'emplit de monde. Les places se négociaient pour les retardataires. Au vu de la salle pleine comme un œuf, la cérémonie commença. Les vedettes talentueuses étaient présentes. Elles avaient été conviées pour prester. Après quelques plages musicales, ce fut le défilé proprement dit. Dompihan était bien présente. Tout lui allait à merveille. Elle soulevait la foule à chaque apparition. Elle était sensuelle. Sa démarche désarmait. Sa forme ébranlait. Le public exultait. Deux hommes de la haute société assis à l'arrière-plan de la salle de spectacle, firent le pari de passer la soirée avec elle. Ils firent appel au manager du défilé. Ils lui firent une offre faramineuse chacun. Celui-ci déclina malheureusement toutes les offres. Parce qu'au fond, lui-même aspirait à la même chose. Les deux hommes se fâchèrent contre lui. Ils menacèrent de quitter la soirée avant son terme. Le manager s'excusa, et retrouva les mannequins qui prestaient merveilleusement. A la fin du défilé, sans intermédiaire, un des deux hommes tenta d'accoster Dompihan sur le podium. La salle s'écria comme un seul homme. La sécurité le maîtrisa. Les gens le rouaient d'injures abominables. A la fin du défilé, Dompihan prit la route de chez elle. Elle rencontra son mari en route. Ils retournèrent ensemble. Pendant ce temps, Julie et Habin, sa sœur, l'attendaient. Julie avait payé du pétrole pour brûler sa coiffure qui provoquait Mahini. Celui-ci n'avait de cesse apprécié sa coiffure depuis le matin. Il la dévorait à la dérobée des yeux. Julie, à chaque fois, le prenait en flagrant délit. Cet état de fait la rongeait de colère. Elle concocta son plan. Au retour de Dompihan la nuit, peu avant tard, elle alla d'abord dans les toilettes, au sortir de là, Julie et Habin, versèrent le pétrole sur sa tête, puis mirent le feu. Dompihan brûla de la tête, le feu finit par gagner tout son corps. Elle s'en fuit dans la maison, se jeta à terre. Rien n'y fit. Mahini sortit de la maison, essaya de maîtriser le feu. Ce fut trop tard. Le feu l'avait mortellement atteinte. On l'envoya à l'hôpital. Mahini, furax, se mit à questionner Julie. Celle-ci paniqua, prit la fuite. Hélas, en traversant la route, un taxi, la renversa. Sur place, elle mourut. Une heure plus tard, le corps de Dompihan arriva dans l'ambulance. Mahini ne sut où mettre la tête. Il ne comprit rien. Tout était inextricable. Après le deuil, une enquête fut diligentée. Habin fit une déposition contre Mahini d'avoir tué sa femme. Au motif qu'elle était sortie sans sa permission. Le chauffeur de taxi de son côté, fit une autre déposition incriminant Mahini qui serait à la poursuite de Julie sur la voie publique. Mahini fut déféré, jugé et incarcéré pour l'accident de Julie. Pour le cas de Dompihan, il eut été disculpé. Il avait été établi que Julie en était la meurtrière. Habin, aussi, eut été reconnue coupable pour soutien matériel à une criminelle, entrave à la justice par dissimilation des faits et fausse accusation. De tout cela Mahini ne s'était plus défendu. Il avait tout perdu d'un coup. Sa vie, tout seul en liberté, ne donnait aucun appétit. Il alla pieds et mains liés derrière les barreaux. Il n'était pas un criminel, mais il y était tout de même parce que le ministère public lui reprochait quelque chose dans la mort accidentelle de Julie. Le chauffeur, lui, s'en était tiré à bon compte. Mahini passa deux années fermes en prison. La troisième année, le plus en plus, il avait droit à une certaine liberté pour bonne conduite. Il passait son temps hors du cachot. De cette liberté surveillée, il fit la connaissance d'Olivia, une secrétaire, incarcérée pour vol. Olivia était une secrétaire dans la société N.G (Nouvelle Génération) de vente d'ordinateurs et accessoires.

Son patron la voulait pour ses voyages d'affaires. Olivia ne céda pas face aux avances de son chef. Furibond, ce dernier, monta une belle mise en scène de vol d'argent dans son bureau. Un bureau où Olivia était la seule à avoir accès quand le chef s'absentait. Belle revanche ce fut pour son patron. Olivia se défendit becs et ongles sans jamais y parvenir. Par conséquent, elle se retrouva en prison sans jamais cesser de clamer son innocence. Mahini la rencontra à tout hasard sous le hangar destiné aux visiteurs des détenus. Il découvrit cette histoire qui envoya une fille aussi belle en prison. Il eut un faible pour elle. Les échanges se poursuivirent ; ils se rencontrèrent de plus en plus en prison, au même lieu, aux mêmes heures et pour les mêmes raisons. Ils partagèrent ce qui était autorisé. La prison était un point de départ. La prison était vue comme là où tout s'arrêtait. Le cachot était considéré comme le terme à tous les désirs. Ce lieu était considéré comme le néant de la liberté, de la dignité et de la volonté. Beaucoup le pensaient. Mahini et Olivia, eux, y tiraient une nouvelle énergie pour rebondir dans la vie. Dès l'instant que leurs cœurs vibrèrent à l'unisson l'un pour l'autre. Désormais, tout était parole pour eux. Ils avaient leur propre code langagier en prison. Malgré les frontières qui entravaient leur communication, ils réussissaient à se dire l'essentiel. Tous les moyens étaient bons pour communiquer. Dès que Mahini recevait la nourriture, il mangeait en pensant à Olivia. Non pas parce qu'elle n'aura pas à manger, mais, parce que la nourriture qu'ils partageaient leurs servait de postiers. A chaque fois, Mahini écrivait une note, qu'il camouflait sous la nourriture. À chaque fois aussi, la note échappait au contrôle de la sécurité. Dès que la soeurette de Mahini remettait le reste de la nourriture à Olivia, elle se réjouissait. Non pas parce qu'elle voyait arriver la pitance, mais parce qu'elle savait qu'une note de son cher Monsieur était en dessous. Elle essayait de manger, puis plongeait sa main pour enlever le mot pour se nourrir d'amour. Parfois, en retour, sur le verso, sans stylo, on pouvait lire « je t'aime », écrit avec du riz collé les uns aux autres. Cela leur donnait l'espoir de se battre pour résister. Ils avaient un projet en commun. Leurs vies s'étaient rencontrées à un tournant décisif où tout était à reconstruire avec du marbre. Ils y croyaient jour après jour. Les geôliers semblaient tolérer leur entrevue sous le hangar. Ils ne ressemblaient guère aux faits qui leur étaient reprochés. Mais que dire ? Rien. Personne ne pouvait rien. Chacun devait purger sa peine. Ils le purgeaient jour après jour, nuit après nuit, de cauchemar en cauchemar. L'optimisme se lisait dans leurs yeux. Ils espéraient beaucoup. Ils avaient foi en eux-mêmes. Ils priaient du plus profond d'eux-mêmes. La vie les attendait devant. La seule condition, c'était de sortir indemne de ce milieu. Alors, plus rien ne les arrêterait. Ils fonceront droit dans leur projet : se marier. Incroyable ! Mahini voulait de nouveau se marier. Lui qui avait déclaré que sa vie était bien ainsi en prison lors de son procès. Aujourd'hui, grâce à sa rencontre avec Olivia, les plaies de son cœur se cicatrisèrent. Il comptait donner une place à l'amour. Et pour cette fois, l'histoire était née de leur rencontre atypique. Mahini quitta la prison en premier. Il était heureux à moitié. Une partie de lui se trouvait encore en prison. Il se sentit un homme incomplet. Ce qui sera le moteur de son combat pour sauver ce qui restait. Dès qu'il quitta la prison, heureux d'avoir obtenu l'accord d'Olivia de se marier avec lui, il se mit au travail préparatoire de leur union. Il rédigea en premier acte, la demande spéciale de mariage, l'adressa sans délai aux autorités judiciaires en charges de ces questions. Le second acte fut le rassemblement de ses amis autour de son projet. Sans faille, ses amis répondirent à son appel. Ce qui constitua pour lui, des sources efficaces de soutien. Le troisième acte fut, le ralliement des parents d'Olivia. Accompagné par ses amis, Mahini alla informer les parents d'Olivia. Sa mère adhéra sans calcul à l'idée. Olivia ayant perdu son père très tôt, elle fut élevée par sa mère. L'idée la réjouit à tel point qu'elle promis aider Mahini financièrement pour leur mariage. Mahini n'en voulait pas. Mais, elle insista. Son futur gendre finit par lui accorder ce privilège. Elle fit alors ce qui était de son pouvoir. A chaque acte posé, Olivia recevait un rendu détaillé étant en prison. Indirectement, elle participait aux préparatifs. Leur mariage se voulait très modeste. Ils travaillaient à le rendre ainsi. Mais ce mariage d'un type nouveau était une première sous nos cieux. Alors, il éveilla des passions, des curiosités. Pour finir, les appuis venaient de partout. Les médias aussi firent entendre leurs voix. Chaque organe de presse voulait couvrir ce mariage. Ici et là, le monde entier avait les regards tournés vers cet événement sans pareil. Ce fut contre la volonté de Mahini et Olivia. Mais, à ce niveau de mobilisation, ils n'en pouvaient plus rien contre cela. Ils finirent par se résigner à l'accepter. Le dossier d'Olivia refit surface. Les avocats se constituèrent de nouveau en front uni pour défendre Olivia. La donne avait changé. Il y avait du nouveau dans le dossier. Les bouches s'étaient déliées. Les complices de l'ex-patron d'Olivia n'avaient pas été récompensés à juste titre. Ceux-ci finirent par revenir sur leurs dépositions. Le dossier de nouveau fut relancé. Parallèlement, les dossiers se traitaient. Le mariage se préparait au même moment que la mise en liberté d'Olivia. La suite à donner à sa requête tarda à voir le jour, Mahini alla voir le juge en charge du dossier. A sa grande surprise, il trouva Nibwé, l'ex-patron d'Olivia. Il essayait de soudoyer le magistrat afin qu'une fin de non-recevoir soit donnée à cette requête. Malheureusement, Mahini les surprit dans les coulisses en pleine discussion.

> - S'il vous plaît, Monsieur le Juge, je vous double la mise si vous acceptez.
> - Comprenez-moi, il s'agit d'un dossier d'une extrême sensibilité. Tous les regards sont tournés vers là. Je ne crois pas pouvoir vous aider au risque de me retrouver à votre place.
> - Quelle place ?
> - Vous n'êtes pas encore au courant ? Bientôt vous le saurez, préparez-vous à vous défendre.
> - Vous parlez sérieusement, Monsieur le Juge ?
> - Très sérieusement. Les avocats d'Olivia ne vont pas vous faire un cadeau. Ça, je puis vous l'assurer.

Mahini arriva, regarda fixement les deux. Un silence de deuil s'installa. Ils se toisèrent mutuellement. Mahini se mit à rire. Puis, il se tut, d'un ton ferme, il dit en ressortant par la porte centrale du palais.

> - Je suis à même de comprendre maintenant pourquoi la suite à donner à mon dossier traîne autant.

Le juge ne réagit pas, Nibwé, lui se mit en colère.

> - Je ne me laisserai pas faire par ce gougnafier.
> - Si vous engagez ce bras de fer avec lui, vous perdrez de la façon la plus fracassante possible. N'oubliez pas que vous avez un dossier sur la table du juge d'instruction.
> - De quoi m'accusent-ils ?
> - De blanchiment d'argent. La situation de vos différents comptes y est. Bien miraculeux qui pourra vous sauver de cette noyade.
> - Ne vous en faites pas, j'ai des attaches très fortes dans votre milieu. Sinon comment croyez-vous que j'aurais pu faire incarcérer Olivia, alors ma secrétaire, sur un simple faux témoignage monté de toutes pièces.
> - Donc, Olivia, votre ex-secrétaire, est innocente ?

- Elle est innocente, mais, j'ai voulu lui faire comprendre, qu'on ne s'oppose pas à la main qui vous donne à manger.
- Je vous laisse. Excusez-moi.

Le juge se retira dans son bureau ; quand il s'assit, il croisa les doigts, médita sur les propos de Mahini, soupira langoureusement. Ensuite, il jeta un coup d'œil à sa montre, prit son calendrier le consulta. Aucun rendez-vous n'eut été proche. Il fixa le plafond de son bureau, réfléchit un moment. Une idée lui vint à l'esprit, il revint à lui, appela sa secrétaire.

- Angela !
- Monsieur, vous m'appeliez ?
- Oui Angela. Est-ce que tu connais Mahini ?
- Oui Monsieur. Il était le mari de ma sœur aînée Julie.
- Celle qui a été brûlée, d'après les enquêtes ?
- Non Monsieur, l'accidentée.

Angela termina cette phrase en larmes. Le souvenir évoquait l'ancienne douleur au point de la réactualiser. Le juge demeura au regret de tout ce qui advenait à sa secrétaire. Mais, il ne pouvait pas en être autrement.

- Je suis désolé Angela. Je voulais les coordonnées exactes de Mahini. J'ai besoin de lui. C'est urgent.
- Je peux aller l'appeler. Il habite à cent lieux de là.
- Vas-y, dis-lui que j'ai besoin de lui. Insiste pour qu'il réponde immédiatement.
- Entendu Monsieur. J'y vais.

Angela sortit en refermant derrière elle la porte. Le juge se leva, alla ouvrir son armoire, sortit l'autorisation de Mahini, la signa. Il n'avait plus qu'à attendre son arrivée ; Angela arriva chez Mahini. Tout était fermé. Elle se renseigna auprès de ses circonvoisins, nul ne savait où il était passé. Angela fit quelques détours pour le chercher, en vain. Elle jeta un coup d'œil à sa montre, dix heures sonnera bientôt. Elle fit demi-tour, regagna son bureau. A son arrivée, elle fit le constat que le juge était très impatient. Il l'attendait au secrétariat, assis sur le bureau au lieu que cela soit sur une chaise assez confortable.

- L'as-tu retrouvé ?, demanda-t-il dès qu'il vit Angela devant la porte.
- Non Monsieur.
- Pourquoi as-tu duré autant ?
- J'ai essayé de le rechercher là où je croyais le retrouver mais en vain.
- As-tu fait un tour en prison ?
- Non Monsieur. Pourquoi devrais-je y aller ?
- Il y retourne régulièrement pour rendre visite à une ancienne amie de prison.
- Une ancienne amie de prison, vous dites ? De qui détenez-vous cette information ?
- Le régisseur, qui d'autre Angela.
- Donc Mahini aime cette amie-là. Il l'aime. Ils s'aiment donc !
- Pourquoi cela te tracasse autant Angela ?
- C'est dur à expliquer Monsieur le juge.

Angela se morfondit ; elle se gêna d'expliquer certaines choses la concernant au juge. Ce dernier par contre attendait d'en savoir plus. Il regarda fixement Angela. Celle-ci d'un ton timoré lui avoua son impuissance de tout révéler devant lui. Le juge insista. Elle finit par céder sous la pression du regard interrogateur du juge Simbo.

- A la mort de ma sœur Julie, ma famille m'a désignée pour me marier avec Mahini dès qu'il sortira de prison. Ce sont les us et coutumes qui le veulent ainsi.
- Angela tu n'as pas accepté cela, j'espère.
- Si. Je l'ai accepté. Ce sont les us et coutumes Monsieur.
- Ouvre grandement les yeux Angela. Mahini ne sera pas du même avis que toi. Il ne t'aimera pas. Il aime déjà celle dont je t'ai parlée de suite. Il en sera ainsi. Regarde donc les choses en face. Tu es très jeune, intelligente, pleine d'avenir. Cherche encore, tu trouveras un jour un mari convenable pour toi.
- Non Monsieur. J'épouserai Mahini. Je n'ai aucun pouvoir d'aller contre la volonté des us et coutumes. Je me marierai, envers et contre tout. Mahini lui-même le sait, il en sera ainsi qu'il le veuille ou non.

Le juge n'en revint pas de sa surprise. Son effort fut inutile. Angela prit son sac, referma son bureau, prit le chemin de la prison sous le regard perplexe du juge Simbo. A peine sortit, dans un intervalle de cinq minutes, Mahini arriva, en empruntant la voie qui passait sur les ruines de l'ancien Palais.

- Ah ! Angela vous a retrouvé ?
- Angela ! Angela ! De quel Angela parlez-vous ?
- Je parle de ma secrétaire. L'avez-vous déjà oubliée ?
- Non. Je ne suis pas familier simplement à son nom. Quel patronyme porte votre secrétaire ?
- Le même que votre défunte épouse Julie.
- C'est donc elle, Angela.
- Vous vous connaissez ?
- Oui. C'est une sœurette à Julie. Elle a passé quelques années chez sa sœur. Julie la préparait pour la remplacer auprès de moi.
- Voulez-vous dire qu'on la préparait pour être ta future épouse ?
- C'est exact. D'après Julie, c'est leur coutume. J'avais fait la ferme promesse, à l'époque, de l'aider dans ses études jusqu'à ce qu'elle ait du travail. Là-dessus, tout était clair. La famille dans toute sa dimension, accepta le compromis. Malheureusement, les choses ne se sont passées comme prévu.
- Alors.
- Je me suis retrouvé dans les fers. C'est même mieux ainsi, elle trouvera un mari à sa convenance.
- Détrompez-vous, Angela ne le conçoit pas ainsi. A ce que je sache, elle tient à vous. Elle attendait que vous sortiez de prison.
- Non. Pas ça encore ! Dites-moi que ce que j'ai entendu n'est pas vrai. Angela compte toujours se marier avec moi, Monsieur le juge ?
- Vous venez de l'entendre de ma bouche, même si je n'aurais pas dû.
- Est-ce que vous dites vrai ?

Mahini se prit à penser à cette hypothèse. Le juge Simbo n'était pas capable de plaisanter ainsi avec lui, cela n'existe pas entre eux.

- Que dois-je faire alors ?
- Affrontez les deux réalités, prenez une seule décision, lui rester fidèle et foncez dans la vie. Le reste trouvera solutions par effet

d'entraînement. Tenez, votre autorisation spéciale de mariage avec Olivia est prête.
- Merci Monsieur. Je dois partir avant qu'elle ne revienne. Au quel cas, je ne pourrai pas la regarder en face. Je ne veux pas être méchant et injuste avec elle. Elle n'est pas destinée à souffrir par la faute des autres. Au revoir Monsieur le juge.
- Pensez bien à mon conseil. Au revoir Mahini.

Tout heureux, le dossier abouti en main, Mahini sortit du bureau du juge Simbo. Au secrétariat, il constata qu'Angela n'était pas encore de retour. Sa joie fut doublée. Il partit à tire-larigot. Il croyait s'en tirer ainsi de l'embarras que causerait sa rencontre avec Angela. Hélas, au seuil du portique du palais, il croisa Angela. Il feignit de ne pas la reconnaître, essaya de franchir la devanture du palais. Angela, elle, n'agit pas avec lâcheté.

- Salut Mahini dit-elle, en essuyant ses yeux aux couleurs du rouge.
- Angela, c'est toi ! Salut ! Que viens-tu faire là ?
- C'est ici que je travaille ; je crois que tu le sais.
- Tu sais quand on est en prison, le monde extérieur devient hors de portée, si bien qu'on reste coupé de tout.
- Qu'est-ce que tu tiens ?
- C'est un dossier strictement personnel.
- Puis-je le voir ?
- C'est extrêmement confidentiel, dis-je.
- Mahini, c'est en prison que tu as appris à mentir ?
- Mentir ? Non je ne mens pas, je ne mentirai jamais. Le dossier est confidentiel, voilà tout.
- Dis-moi de quoi il s'agit.

Mahini n'eut plus de choix alternatif. Il lui tendit le dossier, Angela le prit et le lut.

- Ah bon ! Mahini, je t'ai attendu, tu sors de prison, au lieu de me rechercher, tu conçois un projet de mariage avec une prisonnière. Dis-moi Mahini à quoi je dois servir dans cette vie ? Dis-le-moi.
- Je ne crois pas être l'auteur conscient d'aucun pécher. Olivia, la prisonnière comme tu l'as autrement appelée, et moi nous nous sommes rencontrés en prison, nous nous sommes fait la promesse de

s'aimer, ensuite, nous nous marierons. Nous sommes à cette étape finale.
- C'est ce qu'on verra Mahini. Je ne suis pas une paille dans ton œil ; je ne suis pas une arête dans ta gorge. Mais si tu me plantes, je serai plus que tout cela dans ta vie. Tu courras après moi, pour payer cette dette, malheureusement, tu me reverras plus.

Furax, Angela poursuivit son chemin. Mahini, lui, resta méditatif sur les mots de celle-ci. Que faire ? Il devra opter de faire ce que le juge l'avait judicieusement conseillé. Il devra trancher, et s'assumer. La tâche était bien ardue, mais il fallait qu'il le fasse. Son projet de Mariage avec Olivia dépendait de cela. Seulement, quelle décision, il lui convenait de prendre ? Là, demeurait le point névralgique de ses soucis. Néanmoins, il reprit son chemin de la prison, moins soucieux de ce qui était arrivé. Par la fenêtre, Angela le regarda partir. Elle en pleura. Elle était inconsolable, plantée à la fenêtre, donnant sur les ruines de l'ancien palais, et sur l'ancienne voie en état d'abandon par les usagers. Mahini, le mari de sa sœur ne reviendra plus vers elle. Elle était dubitative. Plus rien ne la rassurait du retour de Mahini. De même, Angela n'avait plus les armes nécessaires pour gagner cette bataille. Mahini était un cœur pris. Les temps avaient changé. Elle dut se l'avouer, reconnaître sa défaite définitive et penser à quelqu'un d'autre que Mahini. En prison, Mahini retrouva Olivia. Il lui montra leur autorisation de s'unir malgré que les mains d'Olivia soient dans les menottes. Au vu du document les autorisant à se marier Olivia s'en réjouit énormément. C'était de bonne guerre. Les mouches qui prédisaient le fiasco de la démarche de Mahini changèrent d'ânes. Le ton devint tout autre. Et au surplus, la surprise fit place à tout. Les parieurs malheureux qui avaient misé sur l'impossibilité absolue d'une telle union s'en mordirent les doigts. L'intérêt des gens devint plus grand pour cet événement qui se voulait non événementiel. Modestie et sobriété eurent été les maîtres mots au départ de ce projet de mariage. Les deux plus concernés n'ayant pas assez de moyens vu le nombre d'années passées derrière les barreaux. Mais, à leur grande surprise, les aides considérables leur vinrent de tous les horizons. L'événement devint un sujet filmable, un sujet télévisuel en temps réel sur des chaînes, objet de reportage photo, de chronique en direct sur des antennes radio, la Une de la presse écrite dans son large éventail à l'échelle du monde. De plus, cet événement était libre de tout droit. Mais sa spécificité, lui valut toute l'importance requise. Son caractère festif, lui donna toute la primauté sur tous les sujets rabâchés d'inondation, de morts, d'incendie ici et là, de crises politiques, de famine, d'épidémie, de pauvreté, de guerre, de catastrophes humanitaires, le temps de vingt-quatre heures. Le jour arriva. Tout l'arsenal se posta sur le préau de l'hôtel de ville de Sya. Les invités furent installés, les non invités s'installèrent eux-mêmes. La foule devint importante. Le bourgmestre, fit son entrée à l'hôtel de ville, applaudi comme un héros. Les images de tout furent captées. Les témoins du couple firent leur entrée triomphale. Une délégation des prisonniers, ex-compagnons de Mahini arriva, sifflée et acclamée. Parents et amis du couple à leur tour franchirent le préau de l'hôtel de ville. La salle devint comble. L'impatience était palpable. On n'attendait plus que le couple du siècle. Le couple béni de tous les siècles, était très attendu. Ici et là, les regards se tournaient. Chacun voulait immortaliser de son regard, de sa caméra, de son stylo à bille, de son appareil photo, l'arrivée du couple, mythique du siècle. Le temps se suspendit. L'atmosphère se tendit. Le suspense atteignit son climax. La foule instable se remua. On rigola un peu pour chasser le stress de l'impatience ; on se taquina pour distraire les jambes. Mais personne ne quitta sa position. L'espace se fit rare. Quitter était synonyme de perte d'office sa place chèrement acquise au prix d'une ponctualité sur les lieux où se produisit l'histoire. Peu de temps après, une sirène de véhicule de sécurité fit écho. La foule immense fit zoom vers là où l'écho vrombissait. Les caméras se mirent à l'affût. Tout était en branle. Cet écho passa, un peu déçus, mais toujours déterminés, les gens se repositionnèrent. Un vaste mouvement uniforme se constata. Le bruitage fut exceptionnel. Les rires de nouveau prirent l'ascension. Le climat redevint caractéristique de l'événement événementiel. Le temps d'un quart d'heure, après tout, le cortège déboucha le long du rond-point du paysan. L'arsenal se mit en branle. Ici et là, on filma, photographia, les micros à la bouche, on commenta en temps réel, l'événement. Du coup, dans les rues, les restaurants, les maquis, les hôtels, les marchés, les domiciles, les églises, les temples et mosquées, à travers le monde, les oreilles se suspendirent à l'écoute passionnante, des détails des principales articulations de cet événement à nul autre semblable. Sous les flashes des photographes, les micros des journalistes, le couple accompagné de la sécurité pénitentiaire fit son entrée à l'hôtel de ville. L'événement proprement dit s'entama. Le bourgmestre entra dans la salle de célébration des mariages, le décor humain était impressionnant, le décor matériel tout autant. Ici et là, des appareils photos, des caméras, des micros. Le vrai décor lui aussi fut le chef d'œuvre d'un jeune peintre, Rufin, prisonnier et ex-compagnon de Mahini dans la cellule Z 614. Le bourgmestre invita la foule qui s'était mise débout à se rasseoir. Les gens se rassirent dans une certaine discipline d'autocensure. Pas plus que cinq minutes, un signal fut donné, le couple fit son entrée dans la salle, la foule se mit débout, les tenant en respect tout au long du passage jusqu'au pied de l'autel. Le silence s'installa de nouveau de lui-même. Le bourgmestre ouvrit sans attendre, la page de la célébration. Il lut les articles consacrés au mariage civil en vigueur, les mariés échangèrent leurs alliances puis se jurèrent fidélité pour le pire et le meilleur, sous les yeux curieux d'une foule acquise à leur cause. Par la suite, ils paraphèrent le livre. Pour le bouquet final, ils s'embrassèrent pour la première fois. Ils digérèrent là, leur joie, leur bonheur tant entendu. Tout cela sous les yeux témoins des médias, des hommes et de Dieu. Dès la fin de la célébration du mariage, la sécurité se rapprocha du couple pour l'escorte. Il n'eut pas d'autre faveur. Olivia fut invitée à monter dans le véhicule. Elle monta avec Mahini, le véhicule démarra, les gens le suivirent. A quelques mètres de l'hôtel de ville, le chauffeur changea de direction. Olivia se retrouva devant sa cellule, en robe de mariée. L'opinion populaire fut profondément affectée. Mahini, et Olivia, eux, ne présentèrent guère de signes de marasme moral. Ce scénario préfigurait dans les accords donnant lieu à l'autorisation spéciale de leur mariage. Dans sa cellule, Olivia passa un bref instant, puis le cortège s'ébranla vers le centre ville. De nouveau, la vie de cet événement reprit cours. La ville se fit un large écho. Les rues s'inondèrent de personnes désireuses de ne pas se laisser conter l'événement. Au terme de quelques parades, à travers les artères de la ville, le cortège stationna, devant l'Hôtel Nouvel où avait lieu la réception. L'arsenal médiatique les avait devancés sur les lieux. La chasse aux images continuait. Ici et là, on filmait, on photographiait de nouveau, d'aucuns rédigeaient, commentaient l'événement en temps réel. L'hôtel refusa du monde. Les places se firent rarissimes. Mais cela n'affecta pas l'atmosphère. Même debout, les gens étaient loin de regretter leur présence sur les lieux. Les gens s'empiffrèrent sans répit. Par la suite, aidés de quelques bouteilles d'alcool, et incités par les décibels, la piste de danse se trouva partout. Chacun dansait là où il y avait un petit espace de terre. Mais la soirée ne dura pas trop pour le couple. La sécurité pénitentiaire qui contrôlait d'un autre œil l'événement, ne tarda pas à rappeler aux mariés les clauses inviolables de l'autorisation. Mahini et Olivia durent quitter plus tôt la réception. Leur départ fut événement. Les médias les suivirent jusqu'au seuil de la prison. Ce fut là où le couple devait se séparer. Chacun tenait à voir la dernière scène de cette séparation avant de partir chez lui. Olivia se trouva en partie en prison, Mahini en partie hors de la prison. Ils se tinrent amoureusement. Aucun d'eux ne voulut lâcher l'autre. Ce fut pathétique à voir. Les larmes des uns et des autres suintaient. Les geôliers eux-mêmes avaient les cœurs meurtris. Mais que pouvaient-ils faire d'autre ? Ils étaient exécutants des ordres bien tracés par la loi en la matière. Mahini n'hésita à poser des questions extrêmement embarrassantes à un geôlier qui tenta de le brutaliser.

- Monsieur, n'avez-vous jamais aimé ? Que ferez-vous, si un obstacle humain se dressait injustement, entre vous et celle que vous aimez le plus au monde, parce qu'à chevaux maigres, vont les mouches ?

Le geôlier le fixa, le visage froissé, le cœur battant d'émotion face à la situation. Mahini, lui, resta sans démordre, le regardant. La pression de son regard fit fléchir le geôlier. Il lâcha Olivia. Le couple s'embrassa, noyé dans un torrent de larmes. Puis, d'eux-mêmes, ils se séparèrent. Olivia regagna sa cellule de solitude et Mahini sa demeure vide. Là où rien ne sentait l'excellent parfum corporel de la femme aimée. Là où solitude rimait avec anxiété. Là où trop de choses vitales manquaient au propre comme au figuré. Mais tôt le matin, un envoyé spécial de la maison d'arrêt, réveilla Mahini chez lui. Celui-ci lui porta la nouvelle heureuse de la libération d'Olivia. Très vite Mahini rejoignit la prison plein d'enthousiasme. Huit heures sonnantes, la porte de la cellule d'Olivia s'ouvrit, elle s'étonna.

- Que se passe-t-il ?
- Vous êtes libre Madame.
- Qui ? Moi, Olivia Hani ?
- Oui Madame. Ramassez vos affaires et suivez-moi.
- Mon mari est-il au courant ?
- Oui Madame. Il est là, il vous attend.

Olivia fit en un tournemain ses affaires et suivit le geôlier. Sous le hangar, Mahini l'attendait. Olivia le rejoignit, la joie fut immense et contagieuse. Olivia retrouvait sa liberté. Le couple avait gagné son pari. Ils s'apprêtèrent à quitter pour de bon, la cour de la prison. Ils prirent leurs effets, au seuil du portail de la maison d'arrêt, le couple croisa Nibwé, l'ex-patron d'Olivia, menotté traîné par trois geôliers vers la prison. Olivia pouffa de rire. Nibwé freina. Il demanda aux geôliers à parler à Olivia. Il n'eut point droit au privilège de demander pardon. Les geôliers l'emmenèrent vers sa cellule. Dans la foulée, on l'arrêta pour l'immatriculée prisonnier C1012. Puis, il partit à pas talonnés dans sa cellule de délinquants achevés. Le reste de sa vie ne fut plus, après son jugement, que celle d'un prisonnier à vie.

Chapitre VII
Adieu Monsieur mon métier

Le pays tout entier était sous la frappe d'une nappe de poussière jamais vue. Les gens se masquaient conséquemment. Le nez et les yeux avaient le privilège. Les femmes à cause de leur chevelure très souvent chèrement coiffée, se masquaient jusqu'à la tête. Les accessoires connurent par endroits une hausse vertigineuse des prix. Mais cela ne décourageait point les acheteurs. La santé d'abord, voilà le slogan à l'époque. On pouvait rencontrer père, mère et enfants tous sous des accessoires de protection dans la rue, à l'école, dans les marchés, les stations, les banques, les boutiques etc. Les vendeurs de lunettes, et cache-nez faisaient bénéfice à foison. Leurs articles se vendaient comme des choux au marché en saison sèche. De ce sale temps causant plein de malaises, certains tiraient leurs avantages. Les vendeurs et d'autres personnes à qui, se masquer avait un avantage acertainé. La femme du ministre de la sécurité faisait partie des bénéficiaires incontestés de cette brume jamais connue de mémoire d'homme. Emilia, la femme du ministre de la sécurité, découvrit sur un site internet, un homme prostitué qui se fit appeler JOBI. Sur le site, il précisa avec soins, les dimensions de son pénis, son poids, sa longueur. Et enfin, lui-même sa capacité sexuelle en temps réel avec ses clientes. Son prix l'heure entière et en continue, avec ou sans intermédiaire : le condom. Nombre de femmes intéressées allaient solliciter ses services quand elles n'avaient pas satisfaction auprès de leurs partenaires habituels. Le site connut un boom de ces usagers devenus des accros. La clientèle devint abondante et diversifiée. Le travail commença à nourrir son homme de vrai. L'éventail de sa clientèle s'élargit. Une autre race de clientes cultivant la fidélité fréquentait Jobi. Elles étaient excellentes payeuses. Ce qui fit applaudir Jobi. Emilia s'aventura, profitant de la nappe de poussière pour se déguiser, y prit goût, devint une fidèle inconditionnelle. Elle s'y rendait chaque fois maintenant, se faisait faire l'amour. Au bout du compte, elle tomba littéralement amoureuse de ce dernier. Elle rejeta son mari, Monsieur le ministre puis demanda le divorce, chose que le ministre Pierre-Paul refusa. Puisque cela allait nuire à son image politiquement. Il était pressenti au sein de son parti, pour défendre les couleurs aux présidentielles qui se profilaient à l'horizon dans deux ans. Les commentaires allaient bon train. Ses adversaires se préparaient à le démolir en cas de fausse note. Dans son camp, ses partisans et lui jouaient aussi les vigilants. Toutes les questions du coup intéressaient les politiques. Tous les faits avaient une portée politique énorme. Rien par conséquent ne méritait d'être traité avec désinvolture. Le passé de Pierre-Paul intéressait ses adversaires. Sa vie de couple faisait les choux gras de la presse proche de ses adversaires politiques. Ses enfants étaient surveillés dans leurs sorties et entrées, au collège et sur tous les lieux qui les accueillaient comme les salles de cinéma, de spectacles avec prestation de vedettes en chansons, théâtre et tout le bataclan. Tous les phares étaient braqués sur Pierre-Paul le probable et imbattable candidat des écolos. Le sachant, il faisait très attention à l'histoire qui se faisait par d'autres autour de lui notamment sa femme Emilia. Il décida de voir clair dans qui se passait au sein de sa famille. Avec ses enfants, il n'avait aucun problème. Il savait qu'il leur manquait, il leur avait prévenu, à cause de ses responsabilités politiques de plus en plus nombreuses au sein du parti. Ceux-ci semblaient l'avoir compris. Mais leur mère pleurnichait de sa présence absence répétée. Elle refusait d'admettre que Pierre-Paul, son mari, puisse faire passer la politique au premier plan, et elle et ses enfants au pan inférieur. Alors, il mit la police aux trousses de sa femme pour mieux comprendre la situation. Deux officiers dont une femme se déguisaient, l'homme devint le nouveau chauffeur d'Emilia sa femme et l'autre disposant d'une voiture était chargé de les espionner à chaque sortie. Puisque le chauffeur était limité dans ses déplacements en compagnie d'Emilia, la mère des trois enfants du ministre. Quand Emilia se rendait au lieudit, et dès que son chauffeur la déposait, elle l'envoyait faire une marche parfois à des kilomètres de là. Obligé d'obéir, il s'y rendait. Le temps qu'il revienne, se mettre à enquêter sur l'objet de la sortie d'Emilia, la femme du ministre, elle, avait fini de jouir de son plaisir sexuel extraconjugal. Dès que son chauffeur eût été de retour, elle montait à bord, faisant chemin vers la maison. Emilia, à chaque fois, allait prendre un bon bain, ressortait ensuite avec son chauffeur pour aller chez une amie qui tenait salon. Après quoi, elle faisait les magasins. Soulfata, le chauffeur rentrait, chaque soir, les bras chargés d'articles divers. Alfitou, la policière découvrit en premier le lieu où se rendait Emilia, la femme chérie du ministre de la sécurité. Elle alla jusqu'à faire l'expérience du site. Du coup, elle décida de se taire. Elle devint accro, s'y rendant fréquemment sous un déguisement comme toutes les autres femmes. Ce fut un carnaval très peu vu. Les résultats tardaient à venir. Le ministre mit Ilian, un autre policier, sur le coup. Ilian était chargé d'espionner les deux policiers en mission d'enquête sur la conduite étrange d'Emilia. La brume née d'une tempête de sable dans le désert faiblissait au grand bonheur de tous. Chacun de son côté priait pour que cette brume s'en aille. Le ras-le-bol était palpable. Le masque dérangeait tant. Un soir, bien évidemment brumeux, Ilian repéra la voiture de Soulfata le chauffeur, puis celle d'Alfitou. Ne voyant aucun d'eux, il s'avança vers l'immeuble sous lequel les voitures étaient garées séparément. De plus prés, il vit Soulfata armé de sa caméra, dans sa voiture, captant les faits et gestes dans les alentours de l'immeuble. Mais, Alfitou n'y était pas. Il se posta aussi pour capter les images insolites qui se produiraient. Il sortit sa caméra, filma quelques scènes se déroulant sous l'immeuble. Au bout d'un quart d'heure, il vit deux femmes se disputant violemment devant l'entrée de l'immeuble. Il filma d'abord la dispute, puis intervint pour rétablir l'ordre. Dans cette action, les propos tenus par chacune des femmes en querelle, attirèrent son attention. Une fois l'ordre rétabli, les femmes ayant déguerpies les lieux, Ilian força le passage, après avoir ramené l'ordre, entra à l'intérieur d'une pièce au rez-de-chaussée. Il vit des choses insolites, demanda du renfort, le ministre dépêcha en personne une autre équipe en pensant à une bande de narcotrafiquants. Juste après l'opération, les suspects étaient arrêtés parés de leurs déguisements, le ministre débarqua sur les lieux, avec derrière lui une artillerie médiatique. Il avait des choses à montrer sur le travail de ses agents aux populations via les médias. Dès son arrivée, on lui présenta JOBI, le prostitué avec son arsenal. Il écouta les policiers faire quelques gloses ; puis, le ministre alla droit vers une des femmes menottées voilées jusque-là, la démasqua ; Altifou sortit de là ; furieux il alla vers la deuxième femme, toute masquée, il ôta son masque, reconnut Emilia, sa femme. Il s'évanouit sous les flashes des caméras et photographes. On l'évacua à l'hôpital pendant que sa femme se dirigea vers la prison. Libérée sous caution, Emilia rompit avec Pierre-Paul, son mari. Elle paya à son tour la mise en liberté sous caution, de JOBI, l'homme prostitué. Après avoir toutes peines purgées, ils décidèrent de se marier. Ils se marièrent et revinrent chez JOBI au pays pour une vie sans retour. Arrivée, Emilia prit la nationalité de JOBI, adieu à son mariage avec un mari ministre. Olivia reçut des cours sur cette situation étant élève policière à l'école nationale de police. Dès sa sortie de prison, elle s'était mise à faire des tests et entretiens d'embauche. Mahini la soutint fermement. Elle travailla beaucoup de son côté afin de surmonter son passé. Elle avait fait la prison, mais son casier judiciaire resta vierge. Elle avait été reconnue innocente et victime. Alors, elle reçut au test de recrutement de la deuxième promo des policières du pays. La promotion cobaye était celle d'Altifou.

Olivia faisait partie du deuxième contingent des femmes à revêtir la tenue de police. Elle était heureuse de faire partie de ce contingent de femmes policières. Elle était sûre qu'elle apportera sa brique à l'édifice de la sécurité publique dans le pays. Ce but les amenait, chacune, à supporter les regards d'hommes qui se posaient mille questions sur leurs capacités avérées à y exercer. Le challenge était tel qu'aucune d'entre elles n'était prête à lâcher du lest sur sa valeur intrinsèque de policière digne et respectable. Elle prit service, au moment où, peu de gens dormaient du fait de l'insécurité. Les attaques à main armée étaient légion. Avec, bien entendu, leurs corollaires de meurtres, de pillages, de viol parfois, surtout quand les victimes étaient des femmes. Ce climat de tension permanente entre forces de sécurité et bandits, créa une espèce de hantise. La peur habitait ceux qui sortaient en patrouille. Parce que, en leur sein, nombre de policiers avaient déjà trouvé la mort suite à des échanges de tirs avec les malfrats. Quelques blessés graves aussi peuplaient leurs rangs. Tout ceci, donnait la peur. C'était une espèce de psychose de la mort. Mais il fallait y aller. Le métier le voulait ainsi. La sécurité des personnes et des biens passait au premier rang. La tâche s'était ça. Leur propre survie préoccupait très peu les citoyens vivant dans la même terreur. Ainsi, il arrivait que le commissariat soit inondé de foule agitée et manifestement révoltée, pour protester contre la soi-disant passivité des forces de l'ordre. Ils étaient sous-équipés, comparaison faite avec les bandits eux-mêmes. Leur nombre était très insuffisant pour cerner, en temps réel et efficacement les quartiers les plus prolifiques en attaques. Mais ils essayaient de faire les choses avec leurs moyens. Sans prendre trop de risques ni jouer aux héros par terre, impotents. La tâche était géante, pleine de risques mortels à chaque intervention sur le terrain. Il fallait qu'ils revissent leur stratégie d'intervention en tant que policiers. Ça a été chose faite. Au lieu d'aller vers les brigands à visage découverts, embarqués dans une camionnette, les fusils chargés, les doigts sur la gâchette, la direction préconisa des sorties en civil. Parfois avec des déguisements, pour aller sur des lieux de prédilection de cette racaille. Dans la répartition des rôles, on attribua à Olivia, celui de prostituée de nuit, par racolage, le long des avenues les plus dangereuses. Vu sous l'angle du nombre des attaques récurrentes, à des heures répétitives, le long de la saison, certaines avenues étaient inclassables. Ses collègues, hommes comme femmes, eurent des rôles très délicats à jouer aussi. Tout cela afin de juguler ce fléau qui concédait de l'insomnie à la cité dans son entièreté. Ces rôles attribués à ses collègues étaient respectivement le rôle du muezzin pour Gouldi ; Pasco était ambulancier ; Mina était tenancière de bar ; Ivette restauratrice aux pieds de l'hôtel des trois luttes ; Adèle joua les folles, agressives, hurlantes à travers les artères principales de la rue ; Biki, le chef des opérations de contrôle de l'époque, lui, gérait une boutique la nuit pendant que son propriétaire roupillait pas trop loin. Tout cela permit à leur unité d'avoir, une vue d'ensemble de comment les bandits procédaient. Par ce truchement, la police réussit à neutraliser en un temps très bref, quelques réseaux. Mais la plus puissante, celle qui faisait des morts sur son passage était sur l'axe d'Olivia. Elle jouait le long de l'avenue la prostituée. Une prostituée qui ne devait pas céder à n'importe qui. La consigne était claire : tu ne céderas qu'à un suspect. La cible était en ligne de mire. Alors, tous ceux qui venaient voyaient les enchères montées. Sans trop de tiraillement, très vite, ils poursuivaient leur chemin. Elle était bien masquée ; personne ne le savait ; ni près d'elle ni loin d'elle. Son mari, Mahini, était loin de s'imaginer tout ça ; sa mère également ne pensait pas que son métier pouvait en être ainsi. Elle voyait ses connaissances sur l'avenue ; certaines personnes eurent à lui proposer de passer une nuitée avec elle. Elle déclina l'offre. Telle était la consigne. Son déguisement était la seule chance qui la protégeait. Elle eut à faire au mari de sa meilleure amie d'enfance qui fréquentait l'avenue. Mais de tout cela, elle ne pouvait rien dire. Elle priait fort intérieurement à outrance, que personne ne la reconnaisse. Au fil du temps, les aventures diminuèrent. Elle continua néanmoins à pister ses cibles. Elle les suivait de loin, partout. Elle devait faire des photos, mais parfois, c'eût été impossible. Il ne fallait point courir de risques inutiles. Alors, elle faisait des photos quand c'était possible. Après lavage, le lendemain, elle essayait d'identifier les suspects sur les images. Ils avaient opté de se déguiser eux aussi. Ce qui complexifiait sa tâche à bien les identifier. Mais, chaque indice, qu'elle obtenait, leur était très précieux. Elle avança à petit pas. Les victimes se multipliaient nuit et jour. Pour ça, la police n'y pouvait rien. Les hors-la-loi avaient une puissance de frappe supérieure à la leur. Une nuit, Olivia vécut sa première grosse mésaventure. Cette nuit-là, elle se trouvait du côté est de l'avenue. Au loin, elle vit la bande s'avancer. Elle communiqua immédiatement avec Biki, le chef des opérations, celui-ci promit de venir la renforcer cette nuit-là. Dès qu'elle raccrocha, elle vit un motocycliste freiner à son niveau. Elle leva les yeux, reconnut Mahini, son mari. Elle soupira profondément de peur. Elle croyait qu'il savait pour le rôle qu'elle jouait. Eh bien non ! Celui-ci venait en client. Olivia n'avait pas le temps. Elle brillait par son absence à la maison. Quand il arriva, elle trembla dès qu'il freina.

Mais à sa grande surprise, il se présenta en client. Il lui proposa de l'emmener à l'hôtel d'à côté, celui des trois luttes. Il était à l'opposé même de là où le couple habitait. Elle eut le sentiment de rage. Elle voulut arrêter là ; lui dire qu'elle était sa femme sous ce masque opaque ; qu'elle regrettait d'être toujours absente au moment où, un homme virile, aimant sa femme, se devait de l'égratigner avec quelques baisers. Elle voulut le faire. Mais le risque était gros ; Mahini pourrait la traiter définitivement comme telle : la vraie prostituée. Là, elle perdra tout. De plus, elle attendait Biki, le chef des opérations. Alors, elle monta les enchères ; elle écrivit cent mille sur un morceau de papier, le lui montra, Mahini s'écria :

- Non, je ne peux pas ; je suis ici, non pas parce que j'ai de l'argent, mais parce que ma femme est toujours absente. Garde tes fesses ! Bordel !

Elle voulut de nouveau se démasquer. Pendant ce temps, Mahini démarra sa moto, non loin d'Olivia, il s'arrêta, une vraie pratiquante du vieux métier sortit de la pénombre, discuta avec Mahini. Olivia se dirigea vers eux à pas pressés, elle n'eut pas le temps d'arriver, ils avaient déjà conclu un marché aux avantages partagés, celle-ci monta derrière lui. Au lieu de se diriger vers l'hôtel des trois luttes, ils disparurent au loin. Folle de colère, elle se mit à ôter son masque de prostituée virtuelle, là arriva Biki. Elle remit à la va-vite son accoutrement. Elle fit tout pour qu'il ne se doute de rien. Mais au fond d'elle-même, ses nerfs brûlaient ; une braise était à l'intérieur de son cœur ; elle soupira de douleur. Mais devant le chef, elle ne voulait pas faire passer ses problèmes de foyer avant le service. Olivia lui donna les indications nécessaires. Ensemble, ils parcoururent les recoins, à la suite des bandits. Curieusement cette nuit-là, ces derniers observèrent une trêve. Au terme de la mission, elle rentra à la maison ; elle trouva Mahini, son cher mari, roupillant seul, sur leur lit, les bras entourant le laurier d'Olivia. Au vu de cela, elle se mit à pleurer ; elle sut combien elle manquait à ses côtés. Même sa virée nocturne ne l'avait pas soulagé. Elle s'en prit à elle-même. Elle l'aimait à la mesure de sa considération à son égard ; il était un excellent mari à sa façon. Elle se remit en cause. A l'issue de cet examen de conscience, elle décida de ne pas ouvrir le chapitre de ce dont elle a été témoin la nuit. Ouvrir ce chapitre était un choix trop rebelle et fataliste. Elle laissa les choses à leurs places. Même si, au plus profond d'elle, cela la rongeait de jalousie, de colère de savoir que Mahini a été homme pour une femme autre qu'elle. Pour la suite, elle choisit d'être prudente et très vigilante sur ses horaires de travail ; elle était policière soit, mais elle était épouse aussi. Du coup, sa passion du travail s'estompa. Elle rentrait plus tôt, puisqu'elle dut expliquer la situation à Biki, le point de vue des autres était très peu de chose. La mission se poursuivait. Les choses allaient mal que bien. Elle avait repéré une piste très sérieuse des bandits. Toutes les équipes étaient réunies pour chercher la clef d'une bonne prise dans le filet. Ici et là, chacun travaillait à poser les balises. Quant à elle, elle poursuivait, bien entendu, avec moins d'enthousiasme, son rôle sur l'avenue. Ça devenait lassant, ses forces faiblissaient. Décision était prise de mettre fin à l'opération : tout pour le tout. La veille de la levée annoncée du blocus, la nuit sur le trottoir, la bande se signala de fort belle manière. Olivia assista à un premier cambriolage, sans blessés, sans coups de feu de la bande. Puis, elle se dirigea vers le centre ville, le cœur de la cité. Là, se trouvait les vrais argentiers. Les sociétés foisonnaient ; les banques bordaient ici et là, les boutiques ornementaient les rues. Olivia les suivit de loin, puis de près. Elle ne sut quand est-ce que la bande la repéra. Un des leurs vint vers elle ; elle coupa la communication avec Biki ; quand il arriva, il lui proposa de l'accompagner chez lui ; elle ne trouva rien à redire ; c'était le chef de la deuxième bande ; malheureusement pour elle, elle reçut l'appel de Biki pendant que le Monsieur se frottait à elle comme un chaton. Il fonça sa main, se saisit de son talkie-walkie, coupa net l'appel et dit d'un air sérieusement menaçant : si tu tiens à ta vie, tu passeras la nuit avec moi ; je ne te paierai rien ; si tu refuses cela, j'informe les autres, ils n'hésiteront pas à te buter. Olivia accepta tout ; le brigand lui retira tout ce qu'elle avait sur elle. Fier de la trouvaille qu'Olivia représentait, il battit le rappel de sa bande. Chacun pouvait entrer chez lui ou faire ce qu'il voulait, lui, il avait son poisson entre ses mains. Elle les suivit sans protester ; ils se dirigèrent vers une zone funeste, très sombre, polluée d'un tas d'immondices à l'arrière de la cité. C'eût été leur cachette ; quand ils arrivèrent, leur complice se leva sur le trou, ils cachèrent leurs armes là. Puis, ils se dispersèrent. Deux d'entre eux se mirent de côté, ils parlèrent à mots couverts. Ils discutèrent de son sort. Solution trouvée, l'homme qui la tenait par le bras rejoignit Olivia. Elle était tétanisée. Il avait pour intention de la tuer après la nuit passée ensemble. Mais une fois arrivée, après l'amour, Monsieur le bandit s'endormit. Ses ronflements alertèrent Olivia qui fit mine de dormir la première, elle comprit que son homme d'un soir dormait vraiment. Elle se retira entre ses mains qui la ceinturaient ; il ne bougea pas ; elle prit son appareil photo, lui fit trois prises de vues, pendant qu'il dormait encore et s'évada tout en larmes. A la bande, l'homme ne souffla rien le lendemain ; il n'avait pas le courage de dire que la fille s'était échappée. Il dit l'avoir tuée et jetée dans une fosse. La nuit tombée, le lendemain même, la police les devança sur les lieux, enleva leur complice déguisé en fou, le tortura, il avoua le mot de passe. Ils ramassèrent leurs armes, Gouldi se déguisa en fou, se plaça à l'endroit exact. Ses collègues encerclèrent le périmètre. A l'heure indiquée, ils arrivèrent ; le chef de la bande prononça de loin le mot de passe, Gouldi répondit, rassurés, ils avancèrent tous, le chef en tête. Deuxième mot de passe, Gouldi ne répondit pas, il ne savait pas quoi répondre. Il baratina quelques mots. Le chef de la bande s'en aperçut, donna l'alerte, ils prirent la fuite, là les policiers les neutralisèrent au terme d'une vraie chasse à l'homme. Leur chance était due au fait qu'ils n'avaient plus d'armes. Leurs armes étaient en la possession de la police. Olivia et ses coéquipiers avaient à faire à un adversaire désarmé. La population salua avec des cris de joie la nouvelle le lendemain. La peur se dissipa. La cité reprit vie. Les activités se menaient allègrement. Tout le monde était fier de sa police. Le commissaire de police reçut une distinction médaillée. A tout seigneur tout honneur. Les agents, eux réussirent des lettres de félicitations. Après cela, Olivia rendit sa démission. Personne ne sut pourquoi. Le commissaire lui opposa une fin de non recevoir. A la police, pas de démission volontaire. Olivia fit tout pour obtenir sa démission. Elle préféra se consacrer à son foyer. L'opinion des autres importait peu. Elle choisit de rester femme au foyer. Une femme, chère à son mari, à ses enfants qu'elle aura dans l'avenir. Les enfants de Mahini et d'Olivia HANI.

Table des matières

Chapitre 1 - *Oublie que je t'aime* — Page 5

Chapitre 2 - *La vérité ne meurt jamais* — Page 39

Chapitre 3 - *La fête de Lombo* — Page 51

Chapitre 4 - *Tous les coups sont permis* — Page 61

Chapitre 5 - *On ne raconte pas l'amour* — Page 71

Chapitre 6 - *La malédiction du sein* — Page 85

Chapitre 7 - *Adieu Monsieur mon métier* — Page 119